Anatole Le Braz

LE GARDIEN DU FEU

Éditions Points
Classiques

Le Gardien du feu a paru en 1900 chez Calmann-Lévy.

Création : Virginie Perrollaz. Ornements : © VectorUp (phare),
Polygraphus (vagues), Zenink (frise), Milalala (nuages),
Ilbusca (baromètre) / Getty Images

ISBN 979-10-414-1269-3

À Lucien Herr
En mémoire des jours de Plogoff
A. L. B.

Préambule

– Voici le dossier de cette étrange affaire, me dit l'ingénieur.

Il étala devant moi, sur la table du bureau où nous étions assis, une chemise verte contenant divers papiers et portant, en grosses lettres rondes, cette suscription : « Phare de Gorlébella, 1876. »

– Vous connaissez le phare, n'est-ce pas ?

Je l'avais visité l'année précédente, au cours d'une excursion à l'île de Sein, et je n'avais pas à faire grand effort pour revoir, par le souvenir, sa haute silhouette de pierre dressée en plein Raz, dans une solitude éternelle, au milieu d'une mer farouche agitée d'incessants remous et dont les sourires même, les jours de calme, ont quelque chose d'énigmatique et d'inquiétant. L'ingénieur poursuivit :

– Il vous suffira, quant au reste, de savoir ceci. En 1876, tout comme à présent, le personnel de Gorlébella se composait de trois hommes. Mais, de ces trois hommes, il n'y en avait que deux qui fussent de service en même temps. Le règlement porte, en effet, que chaque gardien, après avoir demeuré un mois au phare, a droit à un congé de quinze jours. Tous les seconds samedis, à moins que l'état de la mer n'y mette obstacle, le bateau ravitailleur accoste au récif, débarque les provisions et prend à son bord, pour le ramener à terre, l'exilé dont c'est le tour d'être rapatrié. Au sommet de la Pointe du Raz s'élève ou plutôt se tapit, si vous vous souvenez, une sorte de hameau administratif, formé des bâtiments désaffectés de l'ancien phare. C'est un groupe de maisonnettes basses, raccordées bout à bout et ceintes d'un vaste enclos où dans l'abri des murs, poussent chétivement quelques légumes. À l'entour s'étend le sinistre paysage que vous savez, un dos de promontoire nu et comme rongé de lèpre, troué çà et là par des roches coupantes, de monstrueuses vertèbres de granit. Nulle autre végétation que des brousses à ras de sol, des ajoncs rampants, une herbe éphémère, tout de suite brûlée par les acides marins. Vous n'êtes pas sans avoir remarqué l'air de stupeur muette et résignée qu'ont toutes choses en ces parages, les plantes comme les bêtes, et les habitations aussi bien que les gens. Voilà pourtant l'oasis de bon repos après laquelle aspirent de tous leurs vœux les factionnaires de Gorlébella. Du moins ne s'y sentent-ils plus les emmurés des eaux. Si peu récréatifs que soient ces horizons, encore délassent-ils leurs yeux de la perpétuelle et obsédante agitation des vagues. Et puis, ils ont là leur « chez eux » ; ils y retrouvent la femme, les enfants, la figure chère des êtres et des objets familiers, rentrent enfin dans la vie normale, savourent la joie, irraisonnée mais profonde, d'appartenir de nouveau à la grande communauté humaine… J'ai dit ; maintenant, feuilletez.

La première pièce était un télégramme sur papier jaune adressé par le conducteur des Ponts et Chaussées d'Audierne à l'ingénieur ordinaire chargé du service des phares, en résidence à Quimper. Elle était datée du 2 mai et conçue en ces termes : « Feu de Gorlébella, resté allumé toute la journée d'hier, éteint cette nuit. Rumeurs bizarres circulent. Prière donner instructions, si ne pouvez venir vous-même. »

Suivait une lettre de l'ingénieur ordinaire à l'ingénieur en chef : « J'ai l'honneur de vous transmettre les pages ci-jointes, trouvées sur le banc de quart, dans la chambre de la lanterne. Goulven Dénès, avant de disparaître, a pris soin d'y consigner tout le détail des événements. Nous n'avons pas encore pu pénétrer dans la pièce où sont enfermés les deux cadavres. Il faudra sans doute briser la porte à coups de hache. À bientôt un rapport qui vous fournira les renseignements complémentaires… »

Je sautai vite à la liasse de vieux papiers qui accompagnaient cette note.

Ce n'étaient, à première vue, que de banals imprimés, des « tableaux » divisés en colonnes, avec des rubriques sans intérêt et des chiffres indiquant soit le nombre des heures de veille durant le mois, soit la quantité d'huile consommée pour l'éclairage. Mais, au verso des feuilles, s'étageaient les sillons réguliers d'une solide écriture paysanne. Une âme sombre et douloureuse y contait, en manière d'« Observations sur les circonstances du service », le drame peut-être le plus atroce dont les tragiques annales du Raz aient conservé le souvenir. Je laisse la parole à Goulven Dénès, « chef gardien – ainsi qu'il se qualifie lui-même – du phare de Gorlébella ».

I

Que mon ingénieur me pardonne. Je me suis rendu coupable, ces derniers temps, des manquements les plus graves à mes fonctions, et, dans quelques jours, je vais déserter mon poste. Il s'en étonnera, je pense, lui qui m'a souvent cité comme un employé modèle. Je n'aurais pas cessé de l'être, s'il n'avait dépendu que de moi ; mais il y a une fatalité plus forte que la volonté de l'homme. Je dois à mon ingénieur, je me dois à moi-même de lui exposer pourquoi et comment j'ai failli. Si ce n'avait été à cause de cela je n'aurais pas pris la peine d'écrire ces lignes.

La date portée au calendrier est celle du 20 avril, et le chronomètre marque dix heures du soir. Le mois d'avril est mon mois. Je l'ai tenu longtemps pour un mois heureux ; je croyais à son influence bienfaisante sur ma destinée. Je sais maintenant qu'il n'y a que de faux bonheurs.

J'étais, du reste, à présent que j'y songe, l'homme le plus enclin à être dupe. Je suis né de cette race austère des laboureurs du Léon, dont la religion est le souci suprême. Mon enfance fut sérieuse et un peu triste. Là-bas, point de chansons, ni de danses, ni de ces jeux qui égayent la vie. Je ne me rappelle de ce passé que des bruits de prières et des sonneries de cloches tintant des offices. Une famille s'y considérerait comme maudite, si elle ne comptait parmi ses membres un prêtre. Je fus élevé en vue du sacerdoce ; à douze ans, j'entrais au petit séminaire de Saint-Pol.

Nul écolier ne se montra plus docile ni plus appliqué. Mais la lenteur de mes progrès dans les études latines me nuisit dans l'esprit de mes maîtres, et, sur la fin de ma seconde, ils conseillèrent à mes parents de me garder auprès d'eux. Ce fut une grande déception pour ma mère qui voyait déjà, dans ses rêves, l'église dont je serais le desservant, et le presbytère, fleuri de clématite, où se reposeraient ses vieux jours. Je ne pus supporter le spectacle de ses larmes. Les travaux de la moisson terminés, je m'engageai dans la Flotte.

Non que la mer me dît beaucoup : le Léon n'est pas une pépinière de marins. J'étais moins fait que personne pour goûter cette existence vagabonde. Tout me déplaisait en elle, ses joies plus encore que ses dangers. Une répugnance invincible m'empêchait de m'amuser comme les camarades, aux escales dans les ports lointains. Je les accompagnais dans leurs orgies, mais j'en sortais intact.

À cause de ma réserve et parce que j'avais étudié pour la prêtrise, ils m'avaient surnommé *Pater-Noster*. « Tu n'auras jamais l'âme d'un matelot », me disaient-ils. Et c'était vrai. Je n'en remplissais pas moins consciencieusement mes devoirs. Il n'y a pas une seule punition sur mon livret. Mais, dans la tranquillité des quarts nocturnes, libre de me laisser aller à mes songeries, sous les étoiles, je me représentais, sur une des collines de mon pays, une maison de pierre grise dans un courtil, un filet de fumée paisible au-dessus du toit, et, dans l'ombre du logis, une jeune femme, lumineuse comme une clarté.

Par exemple, je ne me figurais pas bien ses traits, à cette jeune femme. Il ne m'était pas encore arrivé d'en regarder aucune, sauf peut-être, avant mon entrée au collège, des petites amies de catéchisme, pâles images anciennes, confuses et décolorées.

Explique cela qui pourra : un jour, brusquement, je la vis paraître et, comme par une révélation intérieure, je la reconnus. J'avais alors vingt-six ans. Après une croisière aux Indes, où j'avais étrenné mes galons de quartier-maître, je venais d'être désigné pour servir à bord de *L'Alcyon*, un garde-pêche minuscule, presque un yacht de plaisance, avec Tréguier pour port d'attache.

Or, ce dimanche-là – un dimanche d'avril –, nous étions rangés à quai, nos hautes vergues plongeant parmi les branches des vieux ormes reverdis. L'équipage, désœuvré, jouait aux cartes sur le pont. Moi, debout à l'arrière, j'échangeais de vagues propos avec le douanier de planton sous les arbres. C'était à l'issue de vêpres. Des groupes d'artisanes descendaient la Grand'Rue, leurs psautiers dans les mains.

Machinalement je tournai la tête de leur côté. Si pourtant je ne l'avais pas fait, ce geste quelconque, je ne monterais pas, à cette heure, cette sinistre faction de vengeance et d'agonie au phare de Gorlébella.

– Quelle est donc celle qui marche un peu en avant des autres ? demandai-je au gabelou, en déguisant de mon mieux la subite émotion qui m'avait saisi.

J'entends encore sa réponse.

– Ça, c'est la plus jolie fille de Tréguier, Adèle Lézurec. Son père, un retraité de la marine, tient l'auberge des *Trois-Rois*... Vous savez bien, rue Colvestre ?

Elle, cependant, avait passé, de son allure élégante de citadine, sans daigner s'apercevoir qu'il y avait là deux hommes qui parlaient d'elle, sans se douter surtout que son charme venait d'ensorceler la pensée de l'un d'eux, de l'ensorceler toute, et pour jamais. Je suivis des yeux, jusqu'à ce qu'elles se fussent effacées dans l'éloignement du mail, la blancheur claire de sa cornette à deux pointes et la nuance gris perle de son grand châle à franges, qui tombait de ses épaules à ses talons comme les ailes repliées d'un goéland. Et, le reste de l'après-midi, retiré dans le poste, où j'étais sûr de n'être point troublé, je ne fis que murmurer sur un ton de litanie ces mots à qui je prêtais je ne sais quelles significations magiques : « Rue Colvestre... les *Trois-Rois*... Adèle Lézurec !... »

C'était dans la haute ville, cette rue Colvestre, presque à l'orée de la campagne, en des parages silencieux, peu fréquentés des matelots. On préférait les tavernes du port, plus animées, plus engageantes, et dans lesquelles on pouvait s'attarder davantage, sans compter que les servantes, familiarisées avec les habitudes des hommes de mer, y étaient accortes et faciles. Le soir venu, ma permission de minuit en poche, je m'acheminai pour la première fois vers les faubourgs.

L'air était doux ; les vergers des monastères embaumaient. Les sentiments les plus contradictoires s'agitaient en moi : c'était un mélange singulier d'incertitude et d'audace. En passant au pied de la cathédrale, je vis que l'intérieur en était illuminé. Je franchis le seuil du porche et m'agenouillai derrière une confrérie laïque de vieilles femmes qui récitaient le rosaire dans la chapelle de la Vierge. L'encens des vêpres se respirait encore sous les voûtes et l'odeur des cires pascales emplissait la nef. Je priai de toute ma ferveur de Léonard. Quand je sortis, ma fièvre était tombée, ma résolution ne tremblait plus, et ce fut d'une main délibérée que je soulevai le loquet des *Trois-Rois*.

Je me trouvai dans une salle basse, aux boiseries peintes de vert et de blanc, comme une cabine de navire. De-ci, de-là, étaient accrochées des vues de mer ou de paysages lointains, une « Éruption du Vésuve », un « Combat de Trafalgar », et, à la place d'honneur, au-dessus de la cheminée, un diplôme, sous verre, de second maître de timonerie. Pour ameublement, quelques tables, garnies de leurs tabourets, sur un parquet de briques aspergé de son ; dans les étagères d'angle, des bouteilles de boissons diverses qui attendaient encore, pour la plupart, qu'on brisât leur cachet. Tout cela un peu fané, un peu pauvre, mais d'une pauvreté décente et quasi coquette.

Mon ingénieur m'excusera de me complaire de la sorte en d'aussi menus détails. Je suis comme le naufragé qui va mourir, et je baise une à une les reliques chères, les tristes reliques de mon passé défunt…

Il n'y avait dans l'auberge, quand j'entrai, qu'un homme d'un âge respectable, à mine usée, avec ce teint de bistre que donnent les soleils de la mer aux gens qui ont longtemps « bourlingué ». Il semblait plongé dans la lecture d'un journal dont j'ai retenu le titre – vous saurez tout à l'heure pourquoi –, le *Moniteur des Sémaphores et des Phares.* En réalité, je crois bien qu'il sommeillait, car il me dévisagea d'abord de l'air ahuri d'un dormeur qu'on dérange. Il ne me témoigna, du reste, aucun empressement ; sans même m'inviter à m'asseoir, il se contenta de crier :

– Adèle !

Une porte vitrée s'ouvrit au fond de la pièce ; la jeune fille parut.

Elle avait quitté sa toilette des dimanches, mais n'en était que plus gracieuse dans sa robe d'étamine noire, qui dégageait toute la souplesse de sa taille, son buste svelte sur des hanches un peu larges, finement arrondies. Un « mouchoir » de soie des Indes, souvenir, sans doute, des voyages paternels, était noué sur sa poitrine ; sa coiffe mince, épinglée au-dessus du front, laissait à découvert les épais bandeaux de ses cheveux, d'un noir bleuâtre, qu'elle portait en bourrelets sur les tempes, à la manière des Trégorroises. Ses yeux, de nuances changeantes, étaient vifs et doux. Les couleurs de son visage étaient légèrement pâlies, comme d'une plante qui a poussé à l'ombre.

Je la regardais en extase, immobile et muet au milieu de la salle. Mais, au dedans de moi, s'était mis à galoper furieusement le vieux sang barbare qui est, dit-on, dans les veines léonardes et que je tiens de mes ancêtres. Cette femme dont, la veille encore, j'ignorais l'existence, j'aurais voulu la saisir d'un bond, l'étreindre, l'entraîner comme une proie.

Elle, cependant, soulevée sur la pointe de ses pieds fins, à demi sortis de leurs babouches, avait haussé la mèche d'une petite lampe de porcelaine, suspendue aux solives, qui était tout l'éclairage de l'humble logis.

– On verra du moins la moitié de sa misère ! dit-elle avec gaieté, d'une voix chantante, au timbre grave et pur.

Et j'eus l'impression que je l'avais déjà entendue, cette voix, dans les songes de mes traversées, durant les quarts solitaires, sous les nuits calmes, alors que des musiques invisibles semblent courir le long du bordage, parmi les phosphorescences de la mer… Elle reprit, en se tournant vers moi :

– Asseyez-vous donc, matelot ! Que faut-il vous servir ?

– Si tu l'appelais quartier-maître, hein ! fit à ce moment, d'un ton assez bourru, le vieux qui n'avait pas encore desserré les lèvres, pas même pour me donner le bonsoir.

Et, s'adressant à moi, maintenant, il continua :

– Elle devrait pourtant savoir reconnaître un gradé d'avec un simple mathurin, puisqu'elle est ma fille. Car j'ai navigué, moi aussi. Le brevet que voilà, c'est le mien.

Il me montrait le diplôme qui était sur la cheminée, dans un cadre.

– Oh bien ! déclarai-je, nous allons donc trinquer ensemble. Vous ne me refuserez pas cela, mon ancien ?

Nous trinquâmes une fois, deux fois… Il me contait ses campagnes, tout heureux d'évoquer, devant un cadet, les croisières belliqueuses du temps de l'Empire, les mouillages dans les eaux de Sébastopol, les débarquements dans les arroyos du Cambodge et sur les plages du Mexique. Je feignais de l'écouter religieusement, mais mon attention était ailleurs : elle suivait chacun des mouvements d'Adèle, son geste harmonieux pour remplir nos verres, et, quand elle s'était rassise à l'écart, dans la lumière de la lampe qui la baignait toute, le tremblement délicat que faisait l'ombre de ses grands cils bruns sur ses pommettes de frais ivoire. Ce m'était une douceur inexprimable de la sentir là, tout près. Les tumultes de mon sang, s'étaient apaisés. Je goûtais un bien-être intime, une joie silencieuse et profonde, l'oubli complet de tout ce qui n'était pas cette belle fille, cette fleur de jeunesse et de grâce, cette rose d'enchantement. Les cloches des moutiers voisins tintaient les heures dans la nuit. Puis une lourde sonnerie s'ébranla, roula par grandes ondes solennelles sur la ville.

– Le couvre-feu, dit Adèle.

Le vieux repartit :

– Un dernier coup, camarade, à la santé des gars de la Flotte !… Il n'y a que la mer, voyez-vous, il n'y a que la mer. Moi, je la pleure comme un paradis perdu.

Il avait abattu son poing sur la table, faisant voler à terre la gazette qui l'absorbait si fort, sur le tantôt, quand j'étais entré. Adèle se pencha pour la ramasser et, jetant les yeux sur le titre, articula d'une voix ferme.

– Lorsqu'on la contemple en toute sécurité de la chambre d'un phare ou de la maisonnette blanche d'un sémaphore, comme cela, oui, je comprends la mer. Autrement non ! Paradis des hommes, mais enfer des femmes !…

C'était ma destinée et la sienne dont elle venait de prononcer l'arrêt.

II

21 avril.

Rien à signaler, mon ingénieur, du moins pour ce qui est du service. Le baromètre est sur « variable » ; il souffle grande brise de noroît. Ce matin, après l'extinction du feu, j'ai monté mon matelas dans la lanterne, ainsi que des provisions de bouche pour plusieurs jours. Car, d'ici quelque temps, je ne me soucie pas de redescendre. Comme je passais sur le palier du deuxième étage, devant la porte de leur chambre – de leur tombe –, je l'ai entendue, *elle*, qui disait à l'autre :

– Je savais bien qu'il avait trop de religion pour vouloir cela !

Puis, mon pas s'éloignant, elle a poussé une clameur folle, un cri d'angoisse désespérée :

– Au nom de Dieu et de saint Yves ! Goulven !... Goulven Dénès !...

J'ai continué de gravir les marches, j'ai mangé un biscuit trempé d'eau et je me suis étendu sur le matelas, les bras en croix sous ma tête. J'ai dormi du sommeil de mes nuits anciennes, du temps que l'image de la femme ne me hantait point – d'un sommeil sans pensée et sans rêves. Le soleil se couchait derrière l'Ar-Men, dans les lointains de la mer, quand j'ai rouvert les yeux. Je suis reposé, j'ai les idées d'une lucidité qui tient du prodige, comme si l'éblouissante flamme du phare projetait son éclat jusqu'au fond de mon esprit.

Saint Yves ! Elle a osé invoquer saint Yves ! Ce fut la veille de son pardon que nous nous fiançâmes. Je revenais de Smyrne, libéré ; à Toulon, j'avais trouvé ma nomination de gardien de troisième classe au phare de Bodic. Sans même prendre le temps d'aller embrasser mes parents, en Léon, j'avais escaladé la diligence de Tréguier, bondée de voyageurs. Je fis mon entrée dans la vieille ville des évêques, juché sur un monceau de malles ; mais, au tournant de la rue de l'Hospice, je me laissai couler à terre. Adèle Lézurec était là qui m'attendait. Par espièglerie, elle s'était couvert tout le visage du capuchon de sa mante.

– C'était pour savoir si votre cœur m'aurait devinée, me dit-elle.

Je lui répondis :

– Là-bas, en Orient, je sentais, à un parfum d'herbe mouillée, tout à coup répandu dans l'air, qu'il y avait dans le courrier de France une lettre de vous.

Depuis un an que je ne l'avais revue, elle avait encore embelli. Elle était dans tout l'épanouissement de ses formes, exhalait une odeur de sève chaude, comme les jeunes écorces en travail des printemps. Toute trace d'étiolement avait disparu. Ses yeux avaient tour à tour des lassitudes et des ardeurs étranges. Un sortilège émanait d'elle. Je me souviens que j'en fus parfois troublé jusqu'à en éprouver une sorte d'effroi. Je me remémorais ce dicton de la sagesse léonarde : « Tu reconnaîtras la jeune fille digne d'être épousée à ce qu'elle ne t'inspirera que des pensées chastes. » J'en avais d'autres auprès d'Adèle Lézurec. Ce n'était point là, je m'en rendais compte, l'amour probe et calme, exempt de toute fièvre, qui aurait été mon lot si j'eusse aimé chez nous, au grave pays de Léon. Un mot de ma mère aussi me revenait par moments ; lorsque je lui avais fait part de ma détermination, elle m'avait écrit : « Tu prends femme hors de ta race ; puisses-tu n'avoir pas à t'en repentir !… »

Mais un regard d'Adèle dissipait tous ces nuages.

Les reflets de ses yeux produisaient sur moi un effet de vertige qui m'étourdissait l'âme, comme de fixer longtemps le scintillement du soleil sur la mer. Je ne m'appartenais plus, j'étais sa chose. Je pus, à notre messe de mariage, mesurer à quel point elle me possédait. Vainement, je m'efforçai de prier : je ne savais plus ; j'étais comme ces ivrognes qui recommencent toujours leur chanson au même vers et n'arrivent pas plus à en sortir la trentième fois que la première. Il fallait vraiment que je fusse bien changé ! Autre détail non moins significatif. Mes parents, alléguant l'état de leur santé, avaient envoyé leur consentement sur timbre. Or, ma mère, ma propre mère m'était à cet instant devenue si indifférente que son absence n'attrista point mon bonheur.

Sur le soir, pourtant, je fus saisi d'une douloureuse impression de mélancolie. Adèle, conformément à l'usage trégorrois, avait décidé qu'un bal suivrait le repas de noces et elle avait loué, à cette intention, la salle du *Rocher de Cancale*, sur le quai, plus spacieuse que le petit café de la rue Colvestre. Quelques jours auparavant, elle avait essayé de m'apprendre les pas les plus simples. Mais j'y apportais une maladresse native qui la fit rire d'abord, puis la découragea.

– Vous dansez comme un ours des foires, me dit-elle, non sans dépit… Ma foi, tant pis ! Vous ferez comme les vieux, vous assisterez aux ébats des autres.

Toute la soirée, effectivement, je demeurai sur ma chaise, regardant passer les couples et Adèle tournoyer aux bras des jeunes hommes. Elle glissait, onduleuse, à demi pâmée ; un frémissement voluptueux gonflait sa gorge, entrouvrait ses lèvres, agitait son corps. Je me rappelai des bayadères que j'avais vues se trémousser, avec des gestes pareils, dans un mauvais lieu, à Singapore. Pour secouer l'obsession de cette image pénible, je sortis.

C'était, dehors, une nuit d'avril, comme à présent, une nuit pâle et tiède, parsemée d'étoiles. Au pied des quais bruissait doucement le clapotis de la mer montante. Une détresse infinie me serra le cœur ; je me sentais seul, loin de tout, détaché de la vie même… À ce moment, une forme s'approcha : je reconnus le douanier qui m'avait donné, l'année précédente, le nom et l'adresse de celle qui était aujourd'hui ma femme.

– Un peu d'air fait du bien, n'est-ce pas ? me dit-il.

– Oui, en vérité, répondis-je.

Et, feignant d'être tout heureux de la rencontre, je l'emmenai prendre un verre au *Rocher de Cancale.*

Vers les deux heures du matin, les gens de la noce vinrent, aux sons d'une musette et d'un accordéon, nous reconduire dans la haute ville, et je dus boire encore avec eux avant de rejoindre Adèle dans sa chambre. Lorsque j'y pénétrai, elle était au miroir, qui défaisait sa coiffure. La cornette ôtée, ses lourds cheveux s'épandirent, l'enveloppèrent toute d'un flot sombre où des clartés frissonnaient çà et là, comme des lueurs d'astres sur un étang nocturne. J'en rassemblai par derrière deux pleines poignées et, y plongeant mes lèvres, mes yeux, tout mon visage, sans que j'eusse su dire si c'était d'amour ou de désespoir, je fondis en sanglots.

*

Les jours, les ans qui suivirent n'ont pas d'histoire. En me retournant vers ce passé, je vois des pays gais, riches en moissons, des estuaires d'eau profonde entre des collines boisées, des nappes de mer aussi délicatement nuancées que le plumage des mouettes, et les bourgs, des villages – les jolis villages de là-bas, avec leurs toits d'ardoises claires qui semblent dire au voyageur :

« Arrête-toi. Qu'irais-tu chercher plus loin ? Le bonheur est ici ! »

Nous habitâmes tour à tour les postes de Bodic, de Port-Béni, de Lantouar. Tous, des phares terriens, situés sur les hauteurs verdoyantes ou à l'embouchure des rivières salées du Trégor. Il eût été difficile de rêver à notre félicité des nids plus charmants. Nous y vivions, Adèle et moi, côte à côte, jamais séparés. Les nuits même, lorsque j'étais de quart, elle les passait avec moi dans la lanterne. Ces veillées aériennes dans la grande lumière éclatante, lui étaient un prétexte à mille imaginations délicieuses ou folâtres. Élevée, toute petite, sur les genoux des conteuses trégorroises, adonnée plus tard, dans le désœuvrement de ses après-midi solitaires, aux lectures les plus romanesques, elle avait à un degré surprenant l'esprit fécond et la verve ingénieuse de sa race… Sa fantaisie, tout naturellement, créait des merveilles.

Elle disait, par exemple : « Nous sommes des châtelains de l'ancien temps ; c'est fête, ce soir, dans notre donjon. Des seigneurs chamarrés d'or, des dames en robes de brocart montent l'escalier. Des ménestrels aussi vont venir. Écoute ! Ce que tu prends pour le souffle du vent dans les ramures ou le fracas lointain de la mer parmi les galets, c'est le son de leurs violes qu'ils accordent. Ils s'apprêtent à célébrer tes exploits et la beauté de ta noble épouse. Tendons l'oreille, mon doux sire !… » Ou bien elle disait encore : « J'étais une princesse captive. Une magicienne perverse m'avait enchaînée dans cette prison. La tour où je languissais jetait dans la nuit des lueurs si effrayantes que les chevaliers les plus courageux n'en osaient approcher. Mais, un jour que je me peignais sur mon balcon, tu me vis, tu m'aimas, et tu fis le serment de me délivrer, de rompre le mauvais sort qui pesait sur mon destin. Rappelle-toi ! Un ermite te remit une lance dont la pointe avait été trempée dans le sang du Christ. Armé de cette lance, tu éventras les dragons, vomisseurs de feu. Mais, quand tu voulus atteindre jusqu'à moi, les échelles que tu appliquais au mur cassèrent l'une après l'autre. Alors, ayant tressé mes cheveux en deux longues nattes, je les laissai pendre et tu les saisis. Et maintenant nous voici mari et femme, et, pour que tout s'achève comme dans les contes, nous allons avoir beaucoup d'enfants… »

Des enfants !… Cela seul manquait à nos vœux… Il ne nous en est pas né, Dieu merci !

Ces fictions d'Adèle enchantaient mes nuits de garde. Je l'écoutais avec ravissement. Elle m'apparaissait comme un être d'une essence supérieure. Je l'admirais.

– Vous autres, filles du Trégor, lui disais-je, vous avez eu des fées pour aïeules ; elles vous ont légué des secrets magiques. Les femmes de chez nous ne savent que prier les saints et filer de la laine. Toi et tes pareilles, vous êtes des tisseuses de beaux rêves. Tu dois me trouver bien stupide, en comparaison des jeunes hommes de ton pays qui t'ont désirée avant que tu sois devenu mienne. Je suis, en effet, le fils d'une race lourde et grossière, enfermée dans un cercle étroit. Tu aurais tort de me mépriser, toutefois. Nous avons aussi nos qualités, en Léon. Aucune légèreté d'esprit, il est vrai, mais par contre, une constance à toute épreuve. Quand nous nous sommes donnés, nous sommes incapables de nous reprendre. Nous aimons d'un amour fort comme la mort.

Elle ripostait en riant :

– C'est pourtant vrai que tu n'es pas comme tout le monde. On voit bien que tu as été élevé pour la prêtrise, dans une contrée où les jeunes filles se croiraient damnées, si elles chantaient ailleurs qu'à la messe. Tu parles de tout, et même de l'amour, sur un ton prêcheur. Au fond, tu n'es peut-être pas très sûr que le mariage ne soit pas un péché. Avoue que tu me considères presque comme une créature de perdition…

Je lui fermais la bouche avec des baisers. Les siens avaient une saveur subtile, pénétrante, et qui enivrait… Mais non ! non ! pas de ces souvenirs ! Leur poison m'énerverait. Ouvrons plutôt au vent de la nuit, à l'air vierge, à l'air irrespiré des grandes solitudes atlantiques.

*

Je viens de passer quelques minutes sur la galerie. La brise est tombée avec le jusant. Le ciel est à la brume. Le feu des Pierres-Noires, tout à l'heure très distinct, se recule et s'efface. La Pointe du Raz elle-même n'est plus qu'une haute silhouette sombre, vers l'orient : elle a son aspect des mauvais jours, le profil indécis et menaçant d'une terre-fantôme. Ainsi nous apparut-elle, lorsque nous y arrivâmes d'Audierne, Adèle et moi, dans une charrette de roulier que nous avions frétée à Quimper pour le transport de nos meubles et de nos personnes.

Ma nomination de gardien-chef au phare de Gorlébella m'était parvenue dans la semaine, à Lantouar, mon troisième poste. C'était un avancement inespéré : je comptais à peine cinq ans de services. Il m'avait causé néanmoins plus de déplaisir que de joie. Adieu la vie parfaite, le repos et le travail en commun, les chères veillées à deux dans la lanterne ! Je ne serais plus sous le toit de ma femme qu'un hôte intermittent. Pour quinze jours de présence, un mois de séparation ! Les deux tiers de l'année à me dessécher loin d'elle, captif des eaux, l'esprit perpétuellement obsédé de son image ! Et elle, la fine et frêle fleur du Trégor, comment supporterait-elle sans dépérir cette transplantation soudaine au dur pays des Capiste ? Comment, surtout, cet isolement dans l'exil ?... Je voulais refuser. Ce fut Adèle qui s'y opposa :

– Partons ! dit-elle délibérément.

Dans le train, elle me confessa qu'elle n'était pas fâchée de connaître d'autres horizons, une autre Bretagne, un autre peuple.

– Je suis la fille de mon père, vois-tu. Par lui, un peu de l'humeur inquiète des marins et de leur goût d'aventures a passé dans mes veines. C'est pourquoi j'ai constamment repoussé les bourgeois de Tréguier qui se disputaient ma main : c'étaient des boutiquiers, des gens établis. Changer de comptoir ? Ma foi, non ! Je n'avais que trop moisi dans notre vieille salle de la rue Colvestre. J'étais comme une giroflée des murs qui cherche l'air ; j'avais soif de mouvement, de nouveauté… Je n'aurais pas non plus épousé un matelot. Les matelots, cela voyage, mais leurs femmes piétinent sur place à les attendre. Si tu n'étais pas entré dans les phares, tu ne m'aurais pas eue.

– Prends garde, répondis-je, ce que l'on va quérir ne vaut pas toujours ce que l'on quitte.

Elle haussa les épaules, me traita de « Léonard », de « planteur de choux », ce qui était sa grande injure, quand, avec la maladresse qui m'était habituelle, je froissais involontairement ses rêves.

Jusqu'à Audierne, la fuite et la diversité des paysages la tinrent en gaieté. Elle s'amusait de la démarche alourdie des Cornouaillaises, de leurs coiffes étranges, comme on n'en voit plus que dans les miniatures des livres anciens, de leur breton aussi, qui lui semblait une autre langue, tant la prononciation locale la déconcertait.

Mais, lorsque nous nous fûmes engagés dans la route du Cap, ses yeux s'assombrirent devant ces vastes étendues dénudées, à peine hérissées çà et là d'un bouquet d'ormes rachitiques, et dont la mélancolie du soir d'octobre accentuait encore la tristesse et la sauvagerie. Des vols de corbeaux se levaient des labours, regagnant leurs gîtes dans les pinèdes lointaines, vers Beuzec et Douarnenez. De distance en distance, se profilait un manoir isolé, d'aspect tragique et sur qui semblait planer le souvenir d'un crime. La mer demeurait invisible, mais on entendait son grondement sourd et, par intervalles des coups de ressac si puissants qu'ils ébranlaient le sol, faisaient trembler la terre dans ses profondeurs. À partir de Plogoff, Adèle ne parla plus. Moi-même je me taisais, écoutant sonner les sabots de l'attelage sur les dalles de granit brut dont le chemin était comme pavé. Une brume, d'heure en heure plus épaisse, flottait maintenant sur les choses, ainsi qu'une poussière salée ou quelque mystérieuse fumée d'océan. Dans cette brume, une sorte de cime s'estompa. Notre conducteur, nous la désignant du manche de son fouet, dit :

– C'est la Pointe !

Des deux gardiens que j'allais avoir sous mes ordres, il n'y en avait qu'un de marié. Nous trouvâmes sa femme qui nous attendait dans l'enclos de la caserne. C'était une Îlienne de Sein, toute vêtue de noir, à mine sévère et d'humeur concentrée. Après qu'elle nous eut fait visiter notre logis, Adèle lui demanda de nous montrer au large le feu de Gorlébella.

– Suivez-moi, répondit la femme, mais assujettissez bien chacun de vos pas, car les sentiers sont glissants.

Nous nous enfonçâmes derrière elle dans la nuit. Tout en marchant, elle nous renseignait d'un ton bref :

– Ce bruit, sur notre gauche, c'est l'Enfer du Raz… Cette grève, au pied de la falaise, c'est la Baie des Trépassés…

L'Enfer ! Les Trépassés ! ces mots nous glaçaient, et il n'était pas jusqu'à cette femme en noir, dans tout le noir, tout l'inconnu de ces lieux sinistres, qui ne nous inspirât je ne sais quelle angoisse mêlée d'épouvante.

– Gorlébella ! dit l'Îlienne.

Une pâle lumière verdâtre trouait au loin les ténèbres de l'abîme. Et notre guide continuait :

– Cet autre feu, là-bas, c'est le phare de Sein. Cet autre, tout là-bas, c'est l'Ar-Men.

Nous ne regardions que Gorlébella.

Adèle, pressée contre moi, frissonnait ; d'un geste brusque, elle se cacha le visage dans ma poitrine et se mit à pleurer en silence. À ce moment, un de ces oiseaux de mer qu'on appelle des *fous* nous frôla presque de ses ailes, décrivit au-dessus de nos têtes deux ou trois cercles, puis plongea, comme une flèche, dans l'obscurité béante. Et j'eus le pressentiment très net que ce pays farouche, voué jadis à d'horribles holocaustes, nous serait fatal.

III

De toute la nuit dernière, il m'a été impossible d'écrire une ligne. J'avais eu dans la journée une si chaude alerte que, douze heures après, je n'en étais pas encore remis. Voici la chose, mon ingénieur. Elle est de celles qui se doivent consigner sur les feuilles de service.

Je venais, le feu éteint, de terminer le nettoyage de l'appareil et j'allais être libre de m'allonger sur ma couchette pour prendre un peu de repos. Mais il me restait à m'assurer d'abord – vous devinez sans doute à quelle fin – qu'aucune des barques du continent ou de l'île, en se rendant sur les lieux de pêche, ne louvoyait à portée du phare. C'est une précaution à laquelle je n'aurai garde de faillir, tant que tout ne sera point consommé. Je passai donc sur la galerie extérieure. La brume de la veille s'était dissipée ; le ciel, toutefois, demeurait chargé, dans l'ouest, et la houle se cassait en une infinité de lames courtes, comme il arrive quand le Raz couve de méchants desseins. La mer, à perte de vue, était vide. Les bateaux homardiers, les seuls qui fréquentent assidûment ces parages, avaient sans doute flairé le gros temps, et pas une voile n'était sortie.

Je me félicitais déjà de cette constatation, lorsqu'en me tournant vers le nord, j'aperçus une fumée légère qui se déroulait à fleur d'horizon, dans les lointains du chenal du Four. Un vapeur de Brest, évidemment. J'observai sa marche : il gagnait le suroît. Une idée soudaine me traversa l'esprit :

– Si c'était le *Baliseur* !

J'ai le regard perçant des hommes de ma profession : je ne tardai pas à être fixé. C'était lui, en effet, c'était bien le steamer des Ponts et Chaussées, reconnaissable à la couleur saumon de sa carène, que barrait par le milieu un liséré d'un rouge vif. Il faisait cap sur l'Ar-Men. Peut-être allait-il simplement ravitailler ce phare, quoique ce ne fût pas encore l'époque réglementaire. J'avais vu le cas se produire. Mais il se pouvait aussi qu'il eût à son bord quelque chef en tournée d'inspection générale, et alors… alors, c'étaient mes patientes combinaisons déjouées et les affres de l'expiation abrégées pour les deux coupables !… Serais-je donc contraint de renoncer à mon œuvre vengeresse, en les libérant par une mort prompte, qu'ils recevraient comme un bienfait ! Tout mon être se révoltait à cette pensée.

L'événement faillit justifier mes craintes. Sur les trois heures de l'après-midi, le *Baliseur*, sa visite faite à l'Ar-Men, obliquait vers l'île de Sein. Embusqué derrière le vitrage de la lanterne, je suivais d'un œil anxieux chacun de ses mouvements. Je le vis stopper dans le petit port insulaire, puis, presque aussitôt, reprendre sa marche, en continuant de gouverner à l'est. L'incertitude ne m'était plus permise. Il s'acheminait sur Gorlébella. Le vent était pour lui, mais il avait à lutter contre une mer fatigante. Ce furent des moments tragiques et qui me parurent des siècles. À toute éventualité, j'avais armé mon revolver et je me tenais prêt à descendre. En bas, dans la chambre du premier étage, ils devaient être aux aguets, comme moi-même, car j'entendis qu'on s'efforçait, une fois de plus, de briser à coups de poings le verre épais qui forme hublot du côté du large. Le vapeur approchait, approchait toujours ; malgré le grand bruit des eaux, on percevait le halètement saccadé de la machine. Une encablure à peine le séparait du phare. Dans la chambre scellée, au-dessous de moi, c'étaient, maintenant, des appels, des cris sourds, le glapissement aigu de la femme mêlé à la rauque vocifération de l'homme. Ils se croyaient probablement sauvés, les misérables !

– Sauvés, oui ! murmurai-je, sauvés des jours que vous étiez encore condamnés à vivre !

J'avais le pied dans l'escalier, pour les faire taire à jamais, quand brusquement le steamer vira de bord. Un personnage, debout à l'arrière, venait d'emboucher le porte-voix :

– Ohé du phare !... Goulven Dénès !

Je ne fis qu'un saut jusqu'à la plate-forme. Le conducteur – car ce n'était que lui – reprit :

– Rien de nouveau chez vous ?

Je hurlai de toute la force de mes poumons :

– Rien !

Et le *Baliseur* s'éloigna, rebroussant chemin devant la tempête dont la grande ombre livide achevait de noyer l'horizon, du côté de l'occident… Deux heures plus tard, elle se ruait sur Gorlébella.

Elle dure depuis, déchaînée par trombes énormes qui font sonner la mer comme sous un galop de bêtes invisibles. Parfois, il me semble ouïr des bruits de cloches, une sorte de tocsin sauvage, jailli des profondeurs de l'abîme. Le phare ronfle, ainsi qu'un immense tuyau d'orgue. Une vie monstrueuse anime les nuages : ils se heurtent, s'étreignent, se bousculent, s'entre-déchirent, se livrent une formidable et silencieuse bataille de spectres dans les champs bouleversés de l'espace. Le fanal, cependant, à l'abri derrière ses étincelantes persiennes de cristal, promène sur ce carnage des choses sa belle flamme tranquille, la puissante lumière rouge et verte de son double secteur. Moi aussi, j'ai retrouvé le calme. La colère des éléments a comme détendu mes nerfs. Ma main ne tremble plus, ma tête est redevenue libre… Je me remets à mon récit.

*

J'étais désigné pour prendre le service en mer à la date du 1er novembre, jour de la Toussaint. Dans la matinée, nous nous rendîmes, Adèle et moi, au bourg de Plogoff, pour entendre la messe de paroisse. L'air était pur et froid. Une bise d'hiver hâtif balayait le morne plateau, piquait nos joues, nous soufflait à la face le gravier de la route. Lorsque nous arrivâmes à l'église, la nef, le porche même, tout était comble ; le flot des fidèles débordait jusque dans le cimetière, parmi les tombeaux. Nous n'eûmes d'autre ressource que de nous agenouiller sur les marches du calvaire. Les Capistes, aux fronts durs et broussailleux comme leurs landes, nous dévisageaient avec une curiosité narquoise, Adèle surtout, dont la joliesse, le teint finement rosé sous les dentelles de la coiffe, faisaient paraître encore plus déplaisants les traits âpres et comme barbouillés de rouille des femmes de la Pointe, accroupies autour de nous sur leurs galoches, dans l'herbe, raidie par le givre, de l'enclos sacré.

– Ça ne va pas être gai, de vivre avec ces brutes, me dit Adèle, tandis que nous regagnions la caserne. As-tu remarqué le ricanement des hommes ?... Et les femmes ? C'était à se boucher les narines ! Elles avaient encore sur elles l'odeur des bouses de vaches qu'elles ont coutume de pétrir avec leurs mains pour en fabriquer des mottes à feu... Ah ! non, mon pauvre Goulven, nous ne sommes plus en Trégor.

– Et c'est cela qui t'attriste le plus ? lui demandai-je.

Moi, ma tristesse me venait d'une autre cause ; elle me venait de l'affreuse pensée, amèrement remâchée depuis des jours et des jours, que j'allais quitter ma femme, languir loin d'elle, là-bas, dans cette lugubre tour de pierre dont la mince silhouette, d'une blancheur de sépulcre, s'effilait ainsi qu'une colonne funéraire hors de l'immense désert des eaux. Adèle suivit la direction de mon regard, vit le phare dressé sur l'occident clair et murmura d'une voix dolente :

– Oui, par-dessus le marché, tu vas me laisser seule !

« Par-dessus le marché ! » Elle avait souvent de ces paisibles cruautés inconscientes qui me poignaient le cœur, qui me faisaient, comme on dit, saigner en dedans. D'ordinaire, je me contentais d'en souffrir en silence. Je fus pourtant sur le point de relever celle-ci ; mais déjà la petite âme changeante de la Trégorroise s'épanchait en jolis rêves, me versait le baume de ses mirages, de ces délicieuses imaginations qui n'étaient qu'à elle :

– Durant ton absence, voilà, je serai une veuve. Les gens ne me rencontreront qu'en vêtements noirs. Même chez nous, dans notre logis, je porterai ton deuil. Ainsi, toute idée de joie me sera défendue. Ne m'as-tu pas dit que c'était de la terrasse de Saint-Theï, sur la Pointe du Van, qu'on apercevait le mieux les fenêtres de Gorlébella ? Je m'y rendrai les jours de ciel serein, aux heures du soir, alors que la lumière déclinante agrandit les formes des choses. Aidé de ta longue-vue, tu me reconnaîtras sans peine et pourras distinguer jusqu'à mes gestes. J'agiterai mon mouchoir, je t'enverrai des baisers. Quand tu seras pour revenir, je me ferai belle, je mettrai mes atours comme pour une fête, et j'irai au-devant de toi, en chantant la chanson que tu aimes, celle, tu sais, qui commence par ces vers si doux :

Sur le bord de la mer profonde,
J'ai bâti ma maison, ma maison de tendresse,
Pour saluer de plus loin la voile
Qui me ramènera mon ami !…

« Et le reste du temps, eh bien, je broderai. Peut-être réussirai-je à la terminer enfin, cette courtepointe en dentelle que je destinais à notre lit de noces et à laquelle je n'ai pas ajouté cinq fleurs en cinq ans !… »

Elle avait retrouvé son sourire et la mobile, la déconcertante clarté de ses yeux.

Dans l'après-midi, quoique un peu lasse, elle tint à m'accompagner jusqu'au havre de Reztré. Vous connaissez cette anse, mon ingénieur, la menue crique de sable, sculptée par les eaux dans une faille du promontoire, et où il faut descendre presque à pic comme au creux d'un puits. Le *Ravitailleur* m'y attendait, prêt à larguer son amarre. Je pris congé d'Adèle sur la côte surplombante de la falaise, et je dévalai seul dans le précipice. À chaque tournant de l'escalier en zigzag, taillé dans le roc vif, je levais la tête pour la contempler encore tout là-haut, découpée sur le fond du ciel et comme dorée par les flammes du couchant. Peu à peu, je la vis diminuer, décroître, et, à mesure, c'était une sorte de nuit qui se faisait en moi. Bientôt son *Kénavo*[1] même, son adieu de plus en plus affaibli, cessa de retentir à mes oreilles et, à ce moment-là, je me rappelle, il me sembla tout à coup qu'elle se détachait de moi, que je ne comptais plus dans sa vie,

1. « Au revoir » en breton (*toutes les notes sont de l'éditeur*).

qu'entre nous deux un mur venait de surgir, un grand mur d'ombre, pareil aux gigantesques maçonneries primitives de cette terre du Cap, le long desquelles m'emportait le *Ravitailleur*... Devers Plogoff, les cloches tintaient pour la Vêprée des Morts.

*

Trois heures plus tard, j'inaugurais ma première veille solitaire, à la place où me voici, dans la lanterne de Gorlébella.

J'avais été jusqu'alors un fonctionnaire attentif, ponctuel, étant fils d'une race façonnée depuis des siècles à l'obéissance et qui a, d'instinct, le culte de la règle, le goût des besognes scrupuleusement accomplies. Toute violation de l'ordre m'est apparue, dès l'enfance, comme une monstruosité. À Gorlébella, ce ne fut plus du zèle que je montrai, mais une ardeur inquiète, fébrile, quasi maniaque.

J'eus l'œil partout, la main à tout. Non content de faire mon propre service, je fis encore celui de mon compagnon de garde. Les nuits même où il était de quart et où il pouvait me croire plongé dans le sommeil, je venais à l'improviste m'asseoir à son côté, comme si j'eusse cherché à le prendre en faute, ou bien je me promenais sur la galerie, scrutant l'horizon, comme s'il s'y fût passé des choses mystérieuses, visibles pour moi seul. Ces manières n'étaient pas sans agacer mes deux subalternes. Ils me prêtaient, j'en suis convaincu, des ambitions furieuses, une idée fixe d'avancement.

Une nuit que j'étais resté jusqu'à l'aube accoudé à la balustrade extérieure, malgré le froid, Thomas Chevanton, le mari de l'Îlienne, ne put s'empêcher de me dire d'un ton vexé :

– On jurerait, ma parole, que vous êtes chargé aussi de veiller sur les feux des étoiles.

*

Ce qui indignait ces hommes me valait votre approbation à vous, mon ingénieur. Et, toutefois, je ne la méritais guère plus que leur ressentiment. J'ai là vos notes si flatteuses : « Serviteur exemplaire… Vigilance infatigable… Le phare assurément le mieux tenu… Rapports circonstanciés, nourris d'observations, témoignant d'une intelligence précise, et rédigés dans une forme peu commune… » Ah ! si vous aviez su le vrai des choses, mon ingénieur !…

Vigilant ? Il m'eût été difficile de ne l'être point : la solitude de ma couchette me faisait horreur ! Dès que j'essayais de fermer l'œil mille souvenirs brûlants me hantaient. J'étais possédé par l'image d'Adèle. Je croyais sentir la tiédeur juvénile de son corps, la soie caressante de ses cheveux. Des visions m'assaillaient, dont j'avais honte. Pour les fuir, je m'en allais à travers le phare. Je trouvais, dans ces rondes nocturnes, un dérivatif à ma fièvre, et les longues stations à l'air glacé du dehors apaisaient mes nerfs affolés. Le jour, c'étaient des langueurs étranges, un accablement infini. Je demeurais immobile, des heures et des heures, à regarder, dans la direction de la Pointe du Van, si je ne verrais pas se profiler, sur la ligne des falaises, la silhouette exiguë, à peine perceptible, de celle qui m'était tout. Lorsqu'elle ne se montrait pas, j'étais pris comme d'une soif de mourir. Mais, aussi vite, cette perspective d'une mort possible, loin d'elle, m'emplissait d'une épouvante qui m'arrachait à ma torpeur. Mon cœur se remettait à battre avec violence : des énergies inconnues me soulevaient hors de moi-même.

« Il faut vivre, me disais-je, il faut durer à tout le moins jusqu'au retour du *Ravitailleur.* »

Et je me ruais au travail. Je démontais, je remontais les rouages de la machine, je vernissais les boiseries, j'astiquais les cuivres ; j'aurais poli, je crois, les pierres même de la muraille. Ce n'était pas de la conscience, mais de la rage. Il ne me suffisait pas de suivre de point en point toutes les prescriptions du règlement ; je m'absorbais, de propos délibéré, en des minuties, en des vétilles ; ou bien je m'imposais des besognes stupides, comme d'apprendre par cœur la Notice relative au service météorologique des phares.

Vous avez loué mes rapports. Ils étaient ma principale distraction : je m'y appliquais avec une lenteur méthodique, comme jadis, au petit séminaire de Saint-Pol, à mes thèmes, à mes versions d'écolier. J'en faisais des « devoirs de style », soigneusement calligraphiés. Qu'est-ce que je n'y mentionnais pas ! Vingt fois le jour, j'interrogeais le baromètre, le thermomètre, le pluviomètre. Une saute de vent, le passage d'un navire, l'apparition d'un vol d'oiseaux migrateurs, la moindre variation dans l'éclat du feu, une tache de buée sur les vitres, tout me devenait matière à développements. Au besoin, j'aurais compté les astres ou dénombré les flots. Il n'y avait pas pour moi de détail insignifiant. Le gardien idéal, certes, je l'ai été… Je l'ai été pour me masquer à moi-même le vide obsédant d'une existence d'où était exclu le seul être qui la pût remplir.

Soyons juste : ma rigide probité native, si elle ne fut pour presque rien dans ma façon d'entendre mes fonctions et de les pratiquer, me préserva du moins de certaines tentations auxquelles il m'eût été aussi facile qu'agréable de me laisser glisser. Adèle, durant mes premiers séjours à terre, me demandait souvent :

– Puisque d'être privé de moi te fait tant souffrir, pourquoi ne veux-tu pas que j'aille te rejoindre, de temps à autre ? Personne ne le saurait, hormis l'homme qui serait de garde avec toi, et de celui-là qu'aurions-nous à craindre ? Ce n'est pas lui, j'imagine, qui s'aviserait de dénoncer son chef. Par mesure de prudence, je m'embarquerais à Audierne, un samedi soir, sur un des bateaux qui y viennent de l'île pour le marché. Je m'arrangerais avec le patron pour qu'il me reprenne à son prochain voyage. Ils font d'ordinaire jusqu'à trois et quatre traversées par semaine, à ce que m'a dit la femme Chevanton… Pense donc, tu m'aurais à toi, quand tu t'y attendrais le moins !… Moi, cela me ravirait, cette escapade ! Ce serait une aventure d'amour, comme dans les romans. J'arriverais à nuit close, toute trempée par l'embrun du Raz, et je heurterais à la poterne de la tour, en criant : « Ouvre ! C'est moi, Goulven ! » Tu me recevrais dans tes bras et, vite, tu m'emporterais pour me sécher, là-haut, dans la chambre ardente. Et après… après, je t'aimerais à la barbe de l'administration, passionnément, non sans frissonner un peu, à cause de la grande rumeur des vagues dans les ténèbres. Endormie, j'aurais des rêves singuliers, comme d'habiter les eaux profondes et d'être l'épouse immortelle de quelque génie sous-marin, de quelque Morgan, maître de la mer… Je t'en prie, Goulven ! C'est la chose du monde la plus simple, et ce serait si délicieux !

Elle parlait ainsi, de sa voix de sirène, avec des insinuations qui me troublaient jusqu'aux moelles. Je n'avais la force que de lui répondre :

– Tais-toi, au nom de Dieu, tais-toi !

Par peur de céder, je faisais celui qui ne veut pas entendre. Et à cela, oui, mon ingénieur, j'ai vraiment eu quelque mérite. Il y a quatre jours, Adèle Lézurec n'avait pas encore mis le pied sur la roche de Gorlébella.

Si elle s'y trouve à cette heure, ce n'est, vous pouvez m'en croire, ni pour son plaisir, ni pour le mien.

IV

24 avril.

Nettoyé par la tempête, le ciel est d'une profondeur sans limites, et la nuit d'une transparence quasi surnaturelle. Il semble que, derrière l'atmosphère normale, se révèlent des éthers inconnus, de vagues paradis, superposés en voûtes et perdus à des distances vertigineuses. Les courants du Raz, apaisés, roulent avec une silencieuse majesté de fleuves. Une brise légère évente les eaux endormies. Leur respiration s'entend à peine. Les récifs même de la Chaussée de Sein n'exhalent plus qu'en sourdine leurs abois de sphinx hurleurs.

Il se dégage des champs d'ondes, au pied du phare, une odeur discrète, pénétrante, cette fine odeur de violette qui étonne les terriens quand ils traversent les marais salants. Car la mer aussi a ses printemps qui embaument. Jamais leur influence ne m'avait autant ému que ce soir. Je me sens faible et lâche. Si je m'écoutais, j'en finirais tout de suite. Je vois se balancer sous mes yeux des creux de houles calmes où il serait doux de s'étendre, comme font, dans les douves des prairies léonardes, les faucheurs d'herbes, leur journée close. Mais non, les temps ne sont pas encore venus : ma journée à moi n'est point close, et c'est le plus pénible de ma tâche qu'il me reste à remplir.

*

Je vous ai dit, mon ingénieur, sous l'oppression de quelles angoisses, de quels cauchemars, se traînait ma vie à Gorlébella. Chez un autre, à la longue, l'habitude aurait émoussé la souffrance. Mais j'ai toujours été l'homme d'un sentiment unique. Le mal de l'absence, loin de décroître, me rongeait l'âme chaque fois plus avant, à la manière d'un cancer. Les retours auprès d'Adèle ne me procuraient point la guérison – ni même la trêve – que j'en espérais. Je ne l'avais pas plus tôt retrouvée que la pensée qu'il faudrait la quitter encore passait sur ma joie comme l'ombre d'un nuage de grêle sur une moisson d'épis mûrissants. Et, de même qu'au phare je supputais mes semaines, mes siècles d'isolement, de même, dans notre logis de la Pointe, je me gâtais, à les compter une à une, les brèves minutes de notre bonheur.

J'essayais de dissimuler à ma femme les mouvements qui m'agitaient et de feindre devant elle la gaieté que je n'avais pas. Mais je n'ai jamais été très habile à ces sortes de déguisements. Il m'arrivait à tout instant de m'oublier en des attitudes de prostration auxquelles il n'était guère possible qu'Adèle se méprît.

– Qu'as-tu, me disait-elle, à me regarder avec ces yeux tristes ? Tu as l'air morne des béliers noirs de ton pays, quand on les mène au boucher.

Je me secouais, je me forçais à rire. Elle, dépitée, continuait :

– Ton rire sonne faux, mon pauvre Goulven !… Je ne t'ai jamais connu bien folâtre ; ce n'est pas dans ta nature, à ce qu'il paraît. Mais, en vérité, depuis que nous sommes exilés en cette contrée de malédiction, tu deviens comme un enterrement. Est-ce là ta façon de me récréer ? Ce n'est donc pas assez, crois-tu, de la tristesse de cette caserne, de ces landes stériles, de ce ciel venteux ? Il faut encore que tu y ajoutes la tienne !…

Et, avec une insistance presque amère :

– Un mois à me dessécher d'ennui, pas un être avec qui causer à cœur ouvert, voilà mon lot, quand tu es au phare. Tu reviens : c'est pour m'achever avec tes mines de résignation, ta figure de pénitence. Qui me distraira, si tu ne le fais point ? Invente quelque chose, parle !… À moins qu'il ne soit vrai, comme on raconte, que les hommes des phares, à force de vivre en tête à tête, finissent par désapprendre la parole.

Ces reproches augmentaient encore mon embarras et ma gaucherie. J'aurais voulu lui crier :

– Épargne-moi ! C'est parce que je t'aime trop, c'est parce que ton amour est en moi comme une flamme insatiable et que cette flamme a tout dévoré !…

Mais, au lieu de sons humains, il ne fût sorti de ma poitrine que des sanglots.

D'autres fois, au contraire, le sentiment – dont j'étais torturé sans cesse – de la rapidité des jours heureux, exaspéré peut-être par les longues continences du large, allumait dans mon sang la fougue barbare de mes ancêtres, les antiques écumeurs de plages. J'étreignais Adèle avec une violence qui la terrifiait, la faisait se sauver de moi, toute meurtrie, comme si j'eusse été quelque ravisseur. L'accès passé, j'étais le premier à en rougir. Je m'humiliais, je demandais pardon. Adèle, d'une voix tremblante de peur et de courroux, murmurait :

– C'est bien ce qu'on m'avait dit !… Pas de milieu chez ces Léonards !… Tantôt des moutons et tantôt des brutes !

Après, j'étais des heures sans oser l'approcher. Je me suis même vu me lever, la nuit, tandis qu'elle reposait, et m'en aller courir au dehors, par les sentiers de ténèbres, sous la rafale – cela pour lui marquer mon repentir et la laisser revenir à moi, spontanément. Elle ne m'en savait, du reste, aucun gré. De mois en mois, je crus m'apercevoir qu'elle s'écartait, se retirait davantage, devenait plus absente, plus lointaine. Plus elle m'échappait, plus je me cramponnais à elle. Mais, il s'était décidément mis entre nos âmes, le grand mur d'ombre, aussi résistant que les falaises du Cap, et les efforts que je tentais pour le démolir n'aboutissaient qu'à le consolider. N'importe ! Je ne me décourageais pas. « Adèle est aigrie, me disais-je : le changement d'habitudes a été trop brusque et trop profond. Dès le premier soir, ce pays lui est apparu comme une terre hostile. Elle est ici comme une fleur de jardin livrée à toute l'âpreté des vents atlantiques, et qui regrette les tièdes abris des moutiers trégorrois. Comment pourrait-elle n'en pas souffrir ?… Là-bas, elle était entourée, choyée. Tout, autour d'elle, respirait une douceur paisible. Les choses revêtaient les aspects les plus variés ; les gens étaient d'un commerce aimable. Ici, personne avec qui s'entretenir. Quel secours attendre de ces femmes de la Pointe, uniquement occupées à garder des vaches, à pétrir des bouses nauséabondes ou à gratter des champs pierreux ? Et quoi d'étonnant si la solitude lui est aussi mauvaise qu'à moi-même ?… »

*

J'avais espéré, dans les débuts, qu'elle aurait en la femme Chevanton, sinon une amie du moins une compagne. Mais celle-ci, outre qu'elle avait à décrotter toute une nichée de marmaille, ne montra, dès l'abord, qu'un empressement médiocre à répondre aux avances d'Adèle. C'était – je l'ai dit – une Îlienne. Elle attirait peu. Sous sa cape noire[2], elle avait le front étroit, et comme barré de fanatisme, de la plupart de ses compatriotes. Le temps que lui laissaient libre son ménage et la culture de quelques arpents d'oignons

2. Les femmes de l'île de Sein, située juste en face de la pointe du Raz, portaient une coiffe noire, ainsi qu'une jupe et un châle de même couleur.

ou de patates, elle le consacrait à réciter son chapelet. Pour rien au monde, elle n'eût manqué une messe ; mais, les lendemains de tourmentes, elle errait, la nuit, le long des grèves, en quête d'épaves qu'elle vendait à un marchand de Plogoff, et, l'argent que lui rapportait ce trafic clandestin, elle le dépensait, le dimanche, avec des commères, à boire des *micamos*, des tasses de café noir qu'on noyait d'eau-de-vie.

Elle affectait vis-à-vis d'Adèle, qu'elle nommait la « cheffesse », une sorte d'obséquiosité sournoise, lui faisant, quand elle la rencontrait, des révérences pleines de componction, à la manière des nonnes, mais détournant obstinément la tête pour passer devant le corps de logis que nous habitions, et, si ma femme venait à l'interpeller, rompant tout de suite l'entretien ou n'y répondant que par des monosyllabes.

Au fond, avec le tempérament exclusif et inhospitalier des gens de son île, elle considérait Adèle comme une intruse. C'était assez pour qu'elle la détestât… Mais de plus, je pense, elle la jalousait, parce qu'elle était jolie, fraîche, distinguée, parce qu'elle avait un air de dame, des mains blanches, et que, même sur semaine elle s'habillait de vêtements coquets. Peut-être aussi la méprisait-elle un peu, tout en la jalousant. Robuste fille de Sein, façonnée dès l'enfance aux dures besognes de la terre, elle devait avoir en mince estime la Trégorroise nonchalante qui recourait à une mercenaire, ne fût-ce que pour laver son linge, et ne faisait œuvre de ses dix doigts que de feuilleter des livres ou de broder. Broder ! La ménagère d'un gardien de phare ! Et, quant aux livres, comment pouvait-on se permettre d'en lire d'autres que le livre de messe, à moins d'être une créature vicieuse, une femme de péché !… Ainsi raisonnait l'Îlienne : et elle ne raisonnait déjà pas si mal. L'événement l'a prouvé.

– Je renonce à l'apprivoiser, m'avait, un jour, déclaré Adèle… J'ai essayé de la prendre par ses enfants : ils sont encore plus ombrageux que la mère. Lorsque je leur tends des sucreries, ils se sauvent à toutes jambes, ni plus ni moins que si j'étais la peste.

Et, avec un haussement d'épaules, elle avait ajouté :

– Après tout, pour ce que j'y perds !…

Il ne fut plus question entre nous de cette femme. Elle était, du reste, aussi peu gênante que possible, ne faisait pas plus de bruit, ne tenait pas plus de place qu'un fantôme… Comment nous fussions-nous doutés qu'avec son air de n'être nulle part elle était partout et rôdait furtivement autour de notre vie, les yeux aux aguets sous sa cape de bure sombre, comme la figure, muette et voilée de noir, de la Fatalité ?

*

Cependant, l'impuissance où j'étais de distraire Adèle me navrait le cœur. Tout d'abord, nous risquâmes bien quelques promenades aux environs de la Pointe. Mais la saison n'y était guère propice. Le plus souvent, les averses, les torrentielles et cinglantes ondées du Raz, nous forçaient à rebrousser chemin ou à chercher un abri, qu'on ne nous accordait pas toujours de bonne grâce, dans les chaumières enfumées et sordides des pêcheurs de la région. Au bout d'une demi-douzaine d'expériences de ce genre, ma femme en eut assez. Même par temps de soleil, ce fut vainement que je tâchai de l'entraîner au dehors.

– Pour voir quoi ? soupirait-elle... Des ajoncs et des pierres, des pierres et des ajoncs ?... J'en ai autant à contempler de ma fenêtre. À quoi bon me déranger ?

J'imaginai alors des excursions plus lointaines, vers Audierne, vers Pont-Croix et, tout au Nord, jusqu'à Douarnenez.

Nous partions de grand matin, dans un char-à-bancs de louage. À mesure que les cimes du Cap s'effaçaient derrière nous, dans la brume occidentale, et qu'à la clarté du jour levant se déroulait une nature plus riche, plus heureuse, sur le visage d'Adèle aussi une lumière montait, la jolie lumière rose de son sang jeune, soudain ravivé. Elle souriait aux arbres, aux maisons, aux passants. Et des chansons s'envolaient de ses lèvres, des refrains de *sônes* trégorroises sautillants et vifs comme des trilles de rouges-gorges ou de pinsons. On descendait à l'auberge la plus avenante et l'on y mangeait à table d'hôte, parmi des marchands forains, des clercs de notaire, des commis des contributions indirectes. Adèle jouissait d'être regardée, ayant sorti pour la circonstance des toilettes que, là-bas, à la Pointe elle n'avait aucun plaisir à porter. Puis, on flânait le long des rues, on s'arrêtait aux boutiques, on visitait l'église, le cimetière, et c'était un délice, jusqu'au soir. J'avais l'illusion d'avoir ressaisi, d'avoir reconquis ma femme. Que n'eussé-je pas donné pour que toutes les journées s'écoulassent de la sorte !... Mais, hélas ! j'avais à compter avec mon maigre budget de gardien de phare... Et d'ailleurs, à ces voyages si gais succédaient des retours si tristes !

– Allons ! en route, les damnés de l'Enfer du Raz, disait Adèle en se hissant à mes côtés, dans la voiture.

Rentré à la caserne, une demi-heure, une heure après elle, à cause de la carriole et du cheval qu'il fallait ramener chez leur propriétaire, je la surprenais à genoux devant le tiroir entrouvert de la commode où elle venait de serrer son tablier de moire et son châle-tapis ; et si j'attirais à l'improviste contre mon sein sa tête décoiffée, mes lèvres, sous l'emmêlement des cheveux, ne pressaient qu'une bouche sans baisers et des yeux embrumés de larmes.

Je ne me sentais pas le cœur de lui en vouloir. Aussi bien, dans ma pensée, la coupable, ce n'était pas elle, mais cette maudite contrée du Raz et l'existence qui nous y était faite. Je ne rêvais plus que d'un changement de poste.

Peut-être avez-vous gardé mémoire, mon ingénieur, d'une lettre que je vous adressai par voie hiérarchique, à la date du 7 février 1875. C'était pendant la durée d'un de mes congés. J'avais poussé, dans l'après-midi, jusqu'au bourg de Plogoff, pour des emplettes. Comme je passais, en revenant, devant la porte du brigadier des douanes, celui-ci me héla :

– Je vais dans vos parages, monsieur Dénès.

Chemin faisant, il m'apprit que son beau-frère, Joachim Méléart, maître de phare à Kermorvan, demandait sa mise à la retraite. J'eus un éblouissement subit, comme si, jaillissant des ombres du soir, la projection d'une flamme électrique eût rayé le ciel. Le brigadier continua de parler, mais je ne l'écoutais plus. Je le quittai même, je crois, assez impoliment, pour m'engager dans un sentier de traverse, tant j'avais hâte d'être auprès de ma femme et de lui annoncer la nouvelle.

Kermorvan, si j'obtenais la place, c'était la douce vie ancienne retrouvée, notre vie de Bodic, de Port-Béni, de Lantouar, la vie à terre, la vie en commun ! Plus de séparation, plus d'exils au large. C'en serait fini de mes longs martyres de Gorlébella.

– Et toi, mon Adèle, ma fleur unique, tu ne sécheras plus d'isolement et d'ennui !…

Le timide, le taciturne Léonard avait disparu ; je m'exaltais. Elle m'interrompit :

– Et où est-ce ça, Kermorvan ?

Je lui peignis de mon mieux cette côte d'entre Océan et Manche ; la tiédeur du rivage, que touche un courant venu des Tropiques ; la baie des Sablons, d'une étincelante blancheur, pareille à un merveilleux parvis de marbre ; le phare, sur sa presqu'île de granit bleu veiné de porphyre, et, dans le fond de la passe qu'il éclaire, Le Conquet, la perle des ports bretons, véritable ruche marine, toute bourdonnante, en effet, comme une conque, avec ses quais étagés en terrasses, les quatre cents voiles de sa flottille de pêche, ses maisons quasi seigneuriales, bâties aux âges opulents de la flibuste, sa population, enfin, bruyante et bigarrée, mélange de tous les types et de tous les sangs de la Bretagne.

– Attends donc, fit Adèle, n'est-ce pas au Conquet ?... Mais si ! je me rappelle maintenant... Mon père m'a raconté cela. Des pêcheurs paimpolais s'y rendirent avec leurs familles, voici une vingtaine d'années. Leur intention était de n'y rester que durant la saison du homard. Mais ils se plurent dans le pays et y demeurèrent. Il y avait des gens de ma parenté parmi eux, les Goastêr, les Évenou, d'autres encore.

Il fut décidé, séance tenante, que je solliciterais le poste de Kermorvan.

J'étais plein de confiance dans l'issue de ma démarche. Quant à ma femme, elle ébauchait déjà des projets, se brodait un avenir de féeries, tout en travaillant à la dentelle de sa courtepointe. Lorsqu'elle sut que Brest n'était qu'à trois heures de voiture du Conquet, je dus lui jurer par saint Goulven, mon patron, que je la mènerais au théâtre, au café-concert, et aussi que je lui ferais visiter l'escadre, principalement le *Jenmmapes*, à bord duquel je servais, l'année de nos fiançailles. Elle était redevenue expansive, caressante, presque passionnée. Que serait-ce donc une fois installés là-bas !... Plus de doute : Adèle m'était rendue, tout était sauvé !

Le 15 février arriva votre réponse, mon ingénieur, et tout fut perdu. Elle contenait simplement ceci, cette réponse : « L'administration n'a pas statué encore sur la demande du gardien Méléart, mais, vu les nécessités budgétaires, il ne pourra y être donné satisfaction avant un délai d'au moins quinze mois. Il est, du reste, pris bonne note de la candidature du gardien Dénès. »

C'est Adèle qui, la première, avait décacheté le pli. Elle n'y eut pas plutôt jeté les yeux, qu'elle pâlit de désappointement et de colère, et, me lançant le papier au visage, comme pour m'en souffleter :

– Tiens ! dit-elle, ton Kermorvan, mon bel ami, c'est pour l'an quarante !

Il y avait dans l'intonation de sa voix comme dans l'expression de sa physionomie quelque chose de si dur, de si méprisant, que j'en fus abasourdi au point d'oublier ma propre déception. Elle ajouta :

– D'ailleurs, j'aurais dû m'y attendre… Tu es de ceux à qui rien ne réussit ! Avec la mine que tu as, on effarouche la chance au lieu de l'amadouer. Ah ! mon pauvre homme ! mon pauvre homme !…

Je l'écoutais, en quelque sorte, sans l'entendre. Je ne comprenais plus. Je voyais au loin, tout au loin, comme en songe, une Trégorroise aux traits harmonieux descendre posément la Grand'Rue, son psautier de vêpres dans ses mains gantées ; je la voyais, dans la salle basse de la rue Colvestre, incliner sous la lampe son profil de vierge, d'un charme indiciblement pur ; je la voyais surtout, en ces nuits de quart dont la vertu de ses sortilèges faisait d'exquises veillées d'amour, je la voyais s'avancer vers moi, dans le rayonnement de la flamme du phare, si lumineuse elle-même que toute la clarté qui se mouvait là-haut, dans la nuit, au-dessus de nos têtes, semblait émaner d'elle comme un nimbe. Et, comparant avec cette image la créature qui m'accablait à cette heure de son insultante commisération, je me demandais : « Qu'y a-t-il de commun entre celle-ci et l'autre, et comment une âme aussi diabolique a-t-elle pu se loger dans le corps d'Adèle Lézurec ? »

Elle me tournait le dos maintenant et, rencoignée dans l'étroite embrasure de la fenêtre, elle se tenait là comme une forme de crépuscule, noyée d'ombre par la nuit qui tombait. Je m'approchai d'elle, avec des paroles d'apaisement et presque d'exorcisme :

– Adèle, lui dis-je, rentre en toi-même, au nom du Christ ! Que t'ai-je fait pour que tu sois mauvaise envers moi ? Est-il juste que tu m'en veuilles, et, ce projet avorté, est-ce que je n'en souffre pas, moi aussi, et doublement, à cause de ta souffrance qui m'est plus douloureuse que la mienne ?

Elle répondit d'une voix sombre, sans se retourner :

– Je t'en veux d'être venu me chercher en Trégor, voilà tout !... Je n'aurais pas quitté l'auberge des *Trois-Rois*, et tu aurais épousé quelque Léonarde. Cela eût mieux valu... La preuve que nous n'étions pas faits l'un pour l'autre...

Je ne lui permis pas d'achever.

– Malheureuse ! m'écriai-je, tu ne proféreras point ce blasphème !

Je l'avais saisie violemment sous l'aisselle et j'allais lui appliquer mon autre main sur la bouche comme un bâillon. Alors, elle, croyant ou feignant de croire que, si je levais ainsi le bras, c'était pour la frapper, elle pencha la tête et dit avec un calme dédaigneux :

– À ton aise !… Donne-moi le coup de grâce et que tout soit fini !

Oh ! à la seule idée qu'elle pût me supposer capable d'une telle infamie, je fus sur le point de la broyer, de la piétiner, en effet. Durant l'espace d'une seconde, je me vis, sans horreur aucune, l'emportant, roidie, jusqu'à l'extrémité de la Pointe et, après un dernier baiser sur ses lèvres mortes, sautant avec son cadavre dans l'abîme. Il y avait peut-être là quelque avertissement du destin. Quel dommage, pour elle comme pour moi, que je n'y aie point obéi !… Au lieu de cela, fou de désespoir et de honte, je gagnai d'un bond le seuil de la chambre et je me précipitai, tête baissée, dans la nuit.

Tout le ciel était tendu comme d'une funèbre draperie de nuages que le vent remuait sans parvenir à les écarter. Les lampes des phares, au loin, brûlaient sans éclat, telles que des braises éparses qui agonisent dans le noir d'un four éteint. Les bruits du ressac se confondaient pour moi avec le bourdonnement de mes oreilles et de mes tempes. J'allais où me conduisaient mes pas. Des souches d'ajoncs, des arêtes de roches, à tout instant, me faisaient trébucher. Deux ou trois fois, des embruns d'eau salée m'enveloppèrent, me soufflant à la face la soudaine fraîcheur du vide. Je souhaitais ardemment mourir, mais, par scrupule religieux, je tenais à ce que la mort me cueillît d'elle-même... Tout à coup, une voix dit, presque à me frôler :

– Gare aux lames sourdes, monsieur Dénès ! Vous êtes ici dans leurs parages.

Je ne distinguais personne, mais l'Îlienne, avec ses prunelles phosphorescentes de rôdeuse de nuit, m'avait reconnu. Je lui contai je ne sais plus trop quelle histoire, et, pour achever de lui donner le change, je m'en revins en sa compagnie vers la caserne.

Je trouvai Adèle étendue sur le lit, tout habillée ; elle avait dû s'endormir d'émotion et de fatigue, laissant la chandelle grésiller sur la table. Je demeurai debout au milieu de la pièce à la considérer et, brusquement, la profonde altération de ses traits m'épouvanta. Un cerne jaunâtre se creusait au-dessous de ses paupières ; le rose même de ses pommettes s'était évanoui ; ses mains au repos s'allongeaient diaphanes et décolorées.

À cette vue, mon cœur s'amollit : je ne sentis plus en moi qu'une pitié immense pour cet être de beauté qui dépérissait. Tout de suite, ma résolution fut prise, quoi qu'il m'en pût coûter, et, l'esprit en paix, je me couchai par terre, sur un paillasson, pour attendre son réveil.

– Adèle, lui dis-je quand elle ouvrit les yeux, pardonne-moi la peine involontaire que je t'ai causée. Je te dois une compensation : tu vas partir pour Tréguier aujourd'hui même.

Elle s'était mise sur son séant et me regardait fixement, comme à travers les brumes d'un rêve, sans comprendre.

– Pour Tréguier !…

– Parfaitement. D'ailleurs, ne serait-ce que dans l'intérêt de ta santé, il faut que tu partes. Cela te changera les idées et te rendra des forces. Je m'en serais avisé plus tôt, si je n'étais un lourdaud stupide… Par exemple, tu n'as que le temps de faire tes préparatifs.

Elle s'était jetée à bas du lit ; ses yeux étaient pleins de larmes où la joie riait comme du soleil dans des fontaines. Puis, avec une hésitation :

– Mais toi, Goulven ?

– Moi ! Est-ce que je n'aurais pas été obligé de te quitter demain, n'importe comment ? Tu sais bien que je m'embarque, au jusant du soir, pour Gorlébella.

V

25 avril.

Je me suis aperçu, cette après-midi, que j'avais omis de prendre avec moi ses lettres. Force m'a donc été de descendre quérir, dans ma cellule du premier étage, le coffret en laque de Chine où elles étaient enfermées. Comme je passais devant la porte maudite, il m'a semblé entendre qu'on fredonnait. En remontant, j'ai prêté l'oreille. Rien ne bougeait à l'intérieur. Nul autre bruit vivant que le murmure de cette voix qui flottait, indécise et comme assoupie, dans le silence.

C'était la voix de la Trégorroise, mais à peine reconnaissable ; tant les inflexions, naguère encore si pures, en étaient vieillies, cassées, chevrotantes ; le chant disait :

J'ai bâti ma maison sur le bord de la grève…

Je me suis sauvé ; mais, toute la soirée, ce chant m'a poursuivi – ce chant et aussi le ton lamentable, le ton morne et saccadé tout ensemble de la voix qui chantait… Pour faire diversion, j'ai vidé sur mes genoux le contenu du coffret aux reliques.

À manier cette petite boîte légère, à respirer la pénétrante odeur de choses exotiques qui s'en exhale, je me suis rappelé une nuit d'il y a dix ans, à Saïgon, là-bas, sur l'autre bord du monde. C'était au cours de ma première campagne, un 15 août. À cause de la fête de l'empereur, on nous avait donné campos.

– Viens-tu, *Pater-Noster* ? m'avaient dit les camarades.

Et, par crainte du ridicule, j'étais allé.

La maison, toute en bois, avait de grands stores flottants qui laissaient entrer la fraîcheur du fleuve. Sur des nattes de joncs multicolores, des femmes peintes, vêtues d'étoffes à ramages, mimaient je ne sais quelle légende asiatique, aux sons d'une musique assourdie. Tout autour, une assistance composite faisait cercle : des marins de l'État et du commerce ; des Chinois, fumeurs d'opium ; des pirates aux moustaches en parenthèses, descendus des hautes terres dans leurs sampans.

Soudain, une espèce de vieux petit magot à figure ratatinée poussa la porte. Il disparaissait sous une charge d'objets de toutes formes et de toutes dimensions, et me fit penser aux tamisiers nomades qui parcourent le Léon, chaque été, avec des sacs à farine empilés sur leur dos… D'une voix obséquieuse, et en multipliant de tous côtés les salutations, il se mit à offrir sa marchandise.

Il ne pouvait tomber plus mal, le pauvre diable ! Des cris, des vociférations l'accueillirent.

– Jim, dehors ! À l'eau, Jim !

Lui, effaré, se confondait de plus en plus en révérences, en grimaces, qui voulaient être des sourires. Une brute quelconque l'empoigna, le pétrit comme une boulette et l'envoya rouler tout sanglant à mes pieds.

Seul, peut-être, parmi les gens qui étaient là, je n'étais pas ivre. J'eus pitié de cette misérable loque humaine et la couvris de ma protection. Jim sortit du bouge sur mes épaules, sinon intact, du moins vivant. Sa pacotille, en revanche, était fort avariée, sauf quelques coffrets en laque – dont celui-ci qu'aussitôt hors de péril il s'empressa de me tendre, avec des gestes suppliants et mille simagrées.

– Joli, beaucoup joli souvenir pour bonne amie, bredouillait-il en son charabia.

Je crus à un témoignage de gratitude, à un cadeau. Je ne connaissais pas encore le prodigieux esprit de mercantilisme de ces peuples. Jim eut vite fait de me détromper.

– Toi donner petit argent, moi laisser pas cher.

Il s'était cramponné à ma vareuse ; je ne me débarrassai de lui qu'en lui jetant à la figure une pièce de cinq francs.

*

Dans les premiers temps de notre mariage, Adèle prenait un malin plaisir, chaque fois que nous étions en compagnie, à me faire raconter « l'histoire du coffre à Jim ». Jamais il ne m'a quitté, ce meuble minuscule.

Il fut de tous mes voyages, et ici, à Gorlébella, il m'a tenu société, durant mes longues solitudes. C'était une de mes distractions favorites, les nuits si fréquentes où je ne dormais pas, d'ouvrir l'un après l'autre ses tiroirs à secret et d'inventorier, d'un doigt pieux, les humbles archives de ma vie confiées à sa garde. Je viens de les étaler auprès de moi, sur mon banc de veille. Voici mon certificat de baptême, délivré par M. Abgrall, recteur de Plounéventèr ; puis mon diplôme de membre de la congrégation de Saint-Joseph, au collège de Saint-Pol. Cette image représentant un calice d'or devant lequel sont agenouillés deux anges, dans les nues, me fut donnée, le jour de ma première communion, par la vieille béguine qui, aux soirs d'hiver, nous faisait repasser notre catéchisme. Et voici le sou de dix-huit deniers, percé d'un trou et marqué d'une croix, que ma mère me remit à la dérobée, comme un talisman, le matin de mon départ pour le service.

– Il avertit des mauvais sorts, me dit-elle tout bas, et brillera dans l'obscurité si quelque malheur te menace, toi ou l'un des tiens.

De ma mère aussi, cette médaille d'argent, à l'effigie de Notre-Dame de Lochrist. Les cheveux dont fut tressée cette bague, pâles et soyeux comme du lin cardé, je les reçus en commémoration de la prise de voile de ma sœur Anne-Marie, religieuse au couvent des Augustines de Carhaix… Mon livret, mes papiers de matelot, maintenant ; mon brevet de quartier-maître ; ma nomination de gardien de phare. Enfin, les lettres.

Il y en a onze en tout : trois sont de mes parents, huit sont signées d'Adèle. Celles-ci portent, la plupart, le timbre des Messageries du Levant. De leurs enveloppes fanées se dégage encore le parfum de nos fiançailles... Deux, d'une encre qui n'a pas eu le temps de jaunir, sont adressées à « Monsieur Goulven Dénès, en Plogoff ». Dans l'une, ma femme m'annonçait son heureuse arrivée à Tréguier, son réveil dans sa chambre de jeune fille et la joie enfantine qu'elle avait eue, en s'habillant à sa fenêtre, à entendre claquer dans la rue les socques des Sœurs du Tiers-Ordre se rendant aux messes d'aube, et les martinets chers à saint Yves piailler dans les meurtrières de la Tour d'Hastings, au-dessus de la cathédrale.

Dans l'autre, la plus récente, elle me prévenait que les noces prochaines d'une sienne cousine l'obligeraient sans doute à retarder d'une semaine son retour. Au bas de cette lettre, mon ingénieur, se lisaient les lignes suivantes, que je vous demande la permission de transcrire :

« Suis-je assez tête folle ! J'allais oublier une démarche dont on m'a chargée auprès de toi. Il s'agit du frère de mon futur cousin par alliance, un garçon très bien, paraît-il, que je dois avoir pour cavalier. Son congé fini dans l'infanterie de marine, il a fait comme toi, s'est présenté à l'examen des phares. Il vient d'être nommé gardien de troisième classe au cap Fréhel. Mais cela ne lui dit pas, de s'en aller en pays gallot. Puis il préférerait un poste en mer : il prétend qu'on avance plus vite. Gorlébella, d'après ce qu'il m'a fait savoir, lui plairait beaucoup. N'y aurait-il pas moyen qu'il permute avec un de tes hommes ? Chevanton, c'est sûr, ne voudra pas : sa diablesse d'Îlienne se noierait dans le Raz plutôt que de consentir à perdre de vue son île… Mais Hamon, le célibataire, voudra peut-être, lui qui n'est jamais bien que là où il n'est pas. Tâche de le décider. Ma cousine, qui t'envoie ses amitiés, t'en sera reconnaissante ; et moi-même, je t'avoue, je ne serais pas fâchée que tu aies un compagnon d'esprit ouvert et d'humeur agréable comme est, de l'avis public, le jeune homme dont je te parle. T'ai-je dit qu'il a nom Hervé Louarn, des Louarn de Kerglaz, proche notre ancienne résidence de Bodic ? »

Cela était griffonné d'une plume hâtive et comme négligemment jeté en post-scriptum. Précaution d'ailleurs bien superflue. J'avais en ma femme une confiance aveugle. Je l'aimais d'un amour si fort et si compact que la dent du soupçon se fût brisée à vouloir y mordre.

Je me sentis seulement un peu triste à l'idée qu'il me faudrait vivre à terre huit jours sans elle. Car je quittais Gorlébella par le bateau qui m'avait apporté sa lettre ; et c'est Hamon, précisément, qui se trouvait être mon remplaçant. Je l'entretins tout de suite, tandis que le *Ravitailleur* débarquait les provisions, de l'offre de permutation qui lui était faite. Docile aux recommandations d'Adèle, j'insistai pour qu'il acceptât et lui présentai sous les couleurs les plus riantes la situation qui l'attendait au cap Fréhel. C'était un esprit inquiet, destiné à être partout malheureux, mais toujours avide de changer de misère. Il me demanda quarante-huit heures pour réfléchir.

– Après-demain, sur le coup de midi, je vous donnerai ma réponse, me dit-il.

Nous convînmes qu'il arborerait au mât du phare la flamme rouge, signal du beau fixe, si c'était oui ; le drapeau noir, présage de tempête, si c'était non.

Deux jours plus tard, l'angélus de midi sonnant à Plogoff, je vis, de la roche où je me tenais en observation, tout à l'extrémité de la Pointe, la flamme rouge s'éployer au-dessus de Gorlébella.

« Allons ! pensai-je, Adèle sera contente. »

Je lui écrivis le soir même, de façon à ce qu'elle eût ma lettre avant la noce. « Voici, lui disais-je, de quoi donner du cœur et des jambes à ton cavalier. Mais, quand tu auras assez dansé, reviens-moi vite. »

*

Elle m'arriva plus tôt que je ne l'espérais, la semaine n'étant pas encore écoulée… On était sur la fin de mars. Un soleil plus tiède chauffait nos vitres et les marches de notre seuil ; les violiers qui formaient touffes de chaque côté de la porte s'apprêtaient à fleurir. J'avais entrepris de refaire la toilette de notre maison, afin qu'Adèle la trouvât toute neuve, toute reluisante à son retour. De l'aube à la nuit pleine, je peignais, je vernissais, je frottais. Déjà la blancheur des boiseries, rehaussée de filets verts, avait eu le temps de sécher. Ce qui me ravissait surtout, c'était d'avoir pu rendre à nos meubles leur premier éclat, cette fraîcheur, cette pureté si engageantes des choses qui n'ont pas servi. Il ne me restait plus qu'à fourbir le plancher, et c'est à quoi je m'étais attelé, ce vendredi-là, dès le matin.

Comme autrefois, quand j'étais de corvée pour le lavage du pont, sur le *Jemmapes* ou la *Melpomène*, je m'étais mis à nu, ne gardant pour tout vêtement qu'un caleçon de toile bise, noué aux reins d'une ficelle. Ces grandes lessives en tenue de nègres, comme nous disions, étaient parmi nos meilleurs souvenirs du bord. Voici qu'il me semblait entendre, du fond de ma jeunesse, les rires, les lazzi de mes camarades, et cette évocation, jointe à la douceur de songer que l'absence d'Adèle allait prendre fin, m'emplit l'âme d'une telle allégresse juvénile que, tout en faisant mousser le savon sous le crin de ma brosse, moi, le moins mélodieux des hommes, je m'oubliai jusqu'à chanter. Il n'était guère varié, mon répertoire. Vieux chants de matelots, improvisés sur le tillac ou dans les hautes vergues, et qui se lèguent d'un équipage à l'autre, depuis des siècles. J'en avais retenu, de-ci, de-là, des couplets épars qui, maintenant, me remontaient aux lèvres, comme renvoyés par les échos de toutes les mers où mes navigations anciennes avaient passé.

Je les fredonnais comme ils me venaient, vaille que vaille, et cela n'avait aucun sens, hormis que le soleil était clair, qu'Adèle pourrait se mirer dans sa demeure, et que l'attente du bonheur est aussi capiteuse que le bonheur même.

J'avais entonné, il me souvient, la ritournelle malouine :

C'est les filles de Cancale
Qui ont fait un armement,
Qui ont fait un armement…
Les bass'voiles en dentelles,
Les avirons en argent.

et je lançais à tue-tête le refrain :

Ma brunette, allons ! gai ! gai !…

quand une ravissante voix féminine, au dehors, termina :

Ma mie, allons, gaiement !

Le ciel se fût ouvert, laissant échapper toutes ses harmonies, que je n'eusse point éprouvé, je crois, un saisissement plus fort. J'étais à quatre pattes sur le parquet ruisselant et dans l'accoutrement que vous savez.

Paralysé par l'émotion, c'est à peine si je réussis à me relever sur les genoux.

– Toi ? m'écriai-je, c'est toi ?

J'avais croisé les mains dans un geste d'adoration, ainsi qu'on voit faire dans les tableaux d'église aux saints à qui la Vierge vient d'apparaître tout à coup. Elle, debout dans le cadre de la porte, souriait ; puis, ramenant ses jupes, par crainte de les salir, elle s'avança vers moi sur la pointe des pieds. Et vraiment, sa démarche avait quelque chose de si léger, de si aérien, que je tremblai de la voir s'évanouir en un clin d'œil, comme une figure de rêve, en effet, comme une apparition. Sa parole seule me rassura.

– Attends, dit-elle, que je t'éponge.

Je voulus protester, mais déjà elle s'était emparée d'un linge et m'en frictionnait. Oh ! la subtile et fluide caresse de ses doigts délicats ! Jamais encore elle n'avait eu pour moi de ces menues attentions. Jamais non plus, à son contact, je n'avais frémi d'un pareil trouble… Tout en étanchant l'eau qui s'égouttait de mes membres, mêlée à la sueur, elle poursuivit, en phrases brèves, haletantes, où vibrait une ardeur inaccoutumée :

– Tu me manquais trop à la fin. J'ai précipité mon départ. Je comptais d'abord t'envoyer une dépêche ; mais j'ai préféré te surprendre. N'est-ce pas que j'ai bien fait ?… À Quimper, j'ai gagé le voiturin qui nous transporta l'hiver dernier, nous et nos meubles. Seulement, cette fois, ce pays du Cap, ce pays si triste, tu te rappelles, j'y suis rentrée comme en un jardin terrestre. N'étais-tu pas au bout de la route !… Comme il fait bon ici !… Et quelle arrivée joyeuse au bruit des chansons !…

Je l'écoutais avidement, et mes yeux la buvaient toute, à longs traits, comme un filtre de magie, un puissant élixir de vie, d'amour et de volupté. Elle me revenait parée de je ne sais quelle séduction plus chaude, avec une lumière, dans le regard, qui avait quelque chose tout ensemble d'orageux et de languissant. On eût dit de ces flammes lourdes, énervantes, qui traversent parfois, en haleines de feu, nos ciels de juillet…

– … À propos, lui demandai-je dans la soirée, et ce Trégorrois, cet Hervé Louarn ?

– Ah ! oui, fit-elle, je ne t'ai pas encore remercié pour lui.

Elle me tendit ses lèvres ; et ses prunelles élargies se voilèrent comme d'une brume de songe sous les paupières qui battaient.

VI

26 avril.

Le destin a vraiment des rencontres singulières, mon ingénieur. C'était aussi un 26 avril, il y a juste un an, jour pour jour… J'avais quitté le service vers les cinq heures et j'étais débarqué à Beztré par une jolie fin d'après-midi, sous un ciel de fête, un couchant merveilleux, tout lambrissé de pourpre et d'or. Adèle avait eu la gentillesse – dont elle m'avait depuis longtemps sevré – de sortir au-devant de moi. Elle était gaie, d'une gaieté de lutin, et coquettement attifée, comme pour un voyage à la ville. Je lui en fis la remarque.

– C'est en l'honneur de la saison neuve, me dit-elle.

Puis, me prenant la main :

– Passons, si tu veux bien, par l'aire de Kercaradec ; il y a là des buissons d'aubépines en fleur.

Nous revînmes à la caserne avec des brassées de branchettes odorantes. Et, tout de suite, elle en orna la cheminée, le chevet du lit, les étagères du dressoir. Nous soupâmes l'un en face de l'autre, dans le cercle de lumière de la lampe, parmi cette senteur de printemps qui me semblait l'arôme de la maison, des meubles et de ma femme même. J'éprouvais une impression, qui m'était peu coutumière, de félicité parfaite, d'absolue sécurité. Le visage d'Adèle aussi respirait un contentement délicieux ; et elle avait, par moments, des façons longues de me regarder qui m'étaient comme une caresse d'une inexprimable douceur.

– Sais-tu, proposa-t-elle, le repas terminé, si tu n'étais point trop las, nous irions jusqu'à la croix de Pénerf, histoire de nous en retourner après, à la lune, comme des amoureux.

Je n'avais rien à lui refuser. Elle jeta sur ses épaules une frileuse et nous nous engageâmes, côte à côte, dans la grand-route qui mène à Plogoff. La croix de Pénerf est à mi-chemin, au sommet d'une éminence d'où l'on domine au loin les terres du Cap. Un piédestal de quelques degrés supporte un lourd calvaire monolithe, grossièrement équarri. Adèle eut la fantaisie d'y grimper, et s'assit sur la marche la plus haute.

L'air était tiède encore de la chaleur du jour et, dans le firmament, au-dessus de nos têtes, agonisait un reste de clarté. Des chaumières basses bossuaient la campagne, çà et là, pareilles à d'énormes ouvrages de taupes. Le silence était profond. Pas un bruit humain, pas même un fugitif frisson d'insecte dans le paysage démesurément amplifié. La monotone rumeur des eaux du Raz animait seule cet immense désert nocturne. Le disque de la lune parut derrière un bouquet d'arbres noirs, dans la direction de Goulien.

– Si tu veux rentrer à la lune, observai-je, voici l'instant.

Elle leva un doigt, me fit signe de prêter l'oreille. On percevait un roulement de voiture, devers Plogoff.

– Attendons qu'elle ait passé, dit-elle, et que la route soit à nous seuls.

Non, mon ingénieur, il n'y a pas de justice, il n'y a pas de Dieu !… Je la vois encore, la misérable créature ! Pour saluer de plus loin son amant, elle s'était mise debout, un de ses bras enlaçant le fût de la croix. Et le Christ ne la repoussa point, et la pierre sacrée ne s'abattit pas sur elle !…

– Pouvez-vous me dire si je ne trouverai pas la grille fermée à la caserne des gardiens de phare, s'il vous plaît ?

L'homme qui m'interpellait de la sorte venait de sauter à bas du char-à-bancs arrêté à quelques pas de nous. Il s'exprimait en breton du Trégor, avec les façons polies habituelles aux gens de sa contrée. Avant que j'eusse eu le temps de répondre, Adèle, derrière moi, s'exclamait sur un ton de surprise que je n'avais aucune raison de croire feinte :

– Eh ! mais, c'est lui… C'est Hervé Louarn !

L'homme porta la main à sa casquette, se découvrit :

– Faites excuse, madame Adèle, je ne vous avais pas reconnue.

Il s'était avancé hors de l'ombre projetée par la voiture, dont le conducteur assistait, muet à ce colloque. La lune, tout à fait dégagée maintenant, éclairait à plein sa figure jeune, légèrement basanée par le soleil des colonies, et sa taille plutôt petite, mais nerveuse et souple dans sa maigreur. Nous présentions l'un et l'autre le plus entier contraste. Autant il me semblait menu et, pour parler franc, un peu gringalet, autant j'étais haut sur jambes, et corpulent, et massif. Cette constatation, sans que j'eusse su dire pourquoi, ne laissa pas de m'être agréable. C'était, je vous jure, la première fois que mes avantages physiques m'inspiraient quelque vanité. Je ne pus me défendre de mettre comme une nuance de protection dans la phrase de bienvenue que j'adressais au nouvel arrivant. Mais, tout aussitôt, j'en eus du remords.

– Adèle, fis-je, monte dans le char-à-bancs ; tu indiqueras au conducteur où déposer les bagages, et tu prépareras de l'eau bouillante pour un grog. Louarn et moi, nous vous suivrons à pied ; comme cela, nous lierons connaissance en chemin.

Je n'ai jamais été causeur. Enfant, je me rappelle être resté des journées sans ouvrir la bouche, autrement que pour réciter mes prières du matin et du soir. Parler m'était pénible : le son de ma propre voix me produisait un effet de malaise. Au collège, il en alla de même : il fallait m'arracher les mots. Ce fut, je pense, une des raisons qui me firent passer auprès de mes professeurs pour stupide. Et, cette paresse de langue, la vie de mer, la vie de phare, contribuèrent encore à l'aggraver. C'est à peine si je réussissais à la vaincre avec ma femme. Jugez de mon embarras en présence d'un indifférent ! Ce m'était un pur supplice.

Eh bien ! avec ce Louarn, je me sentis tout de suite en confiance. Il y avait, dans ce Trégorrois à mine de femmelette, un peu du sortilège des filles de sa race. Il est vrai qu'il s'était mis, dès l'abord, à me parler d'Adèle, à me vanter sa bonne grâce, ses manières obligeantes, son empressement à rendre service, et cela en des termes si justes, d'un accent si pénétré !… Je songeai : « C'est un garçon de cœur. » Nous n'étions pas ensemble depuis cinq minutes que j'étais gagné, conquis, par un je ne sais quoi de clair, de joyeux et comme de printanier qui sonnait dans sa voix. Quand nous atteignîmes la caserne, nous bavardions presque à tu à toi, ainsi que de vieux amis.

Le grog fumait sur la table. Nous nous apprêtions à prendre place, lorsqu'un cri retentit, qui semblait sortir de dessous le plancher, un cri bizarre, indéfinissable, moitié bestial, moitié humain. Adèle et moi nous nous regardâmes, stupéfaits. Hervé Louarn partit d'un éclat de rire.

– Ça, c'est mon épouse qui, flairant odeur de sucre, se plaint de ne vous avoir pas été présentée, dit-il en se dirigeant vers le coin de la pièce où étaient empilés ses bagages.

Il souleva le couvercle d'une boîte grillagée qu'enveloppait un lambeau de serge, et nous vîmes voleter par la chambre un oiseau si merveilleux que nous en demeurâmes tout saisis, comme à l'apparition d'un animal fantastique, d'une bête de légende.

C'était un ara de la grande espèce, à bec noir et à tête blanche, avec des ailes de saphir rayées d'or pâle et une splendide queue de pourpre.

– N'est-ce pas que c'est une belle personne ? reprit le Trégorrois. Et c'est bien une femme, vous savez. Demandez plutôt aux gens de son pays. Là-bas, sur la terre d'Afrique, ils vous affirmeront tous que les perruches sont des âmes de jeunes amoureuses réincarnées. Celle-ci chante, siffle, jacasse, et, quand je la caresse, roule des yeux de langueur.

Il nous conta comment il l'avait achetée, à Dakar, d'un chanteur nègre, d'un griot sénégalais. Puis, un récit menant à l'autre, il nous dévida tout un chapelet d'histoires tantôt baroques, tantôt émouvantes, et toujours avec une telle verve que nous nous imaginions, Adèle et moi, non les entendre, mais y assister... Brusquement, il s'interrompit :

– Voilà Cocotte qui se dandine : c'est signe qu'il est l'heure de coucher les enfants.

Je regardai à l'horloge : il était près de minuit.

Jamais veillée ne nous avait paru si légère ni si courte. S'il avait plu à notre hôte, nous l'eussions écouté bouche bée jusqu'au matin.

Je l'aidai à transporter sa malle dans la tour de l'ancien phare, dont un des étages est affecté au logement du troisième gardien. Je m'attendais à trouver la chambre en désarroi, ne connaissant que trop les habitudes de désordre du précédent locataire, de ce pauvre agité de Hamon. J'eus même la précaution, durant le trajet, d'en avertir son successeur. Mais, contrairement à ce que je craignais, cet intérieur de garçon – et de garçon peu soigneux – nous offrit, quand nous y pénétrâmes, un spectacle aussi engageant qu'imprévu : pas un grain de poussière sur les meubles ; pas une trace de jus de chique sur le parquet ; dans le lit de sangle, un matelas quasi moelleux, auquel il ne manquait que des draps ; bref, le mieux entretenu des ménages, et, quoique inhabité depuis une quinzaine, fleurant une odeur salubre, l'odeur de la brise d'avril, comme si quelque esprit familier eût pris plaisir à l'aérer chaque jour. Je n'en revenais pas. Comment supposer de pareils goûts de propreté chez ce Hamon, l'homme le plus négligent en matière de service, et qui, à Gorlébella, salissait toutes choses dès qu'il se mêlait d'y toucher ? C'était décidément un original ! Je ne pus que faire amende honorable à sa mémoire et m'excuser, devant Louarn qui en riait avec moi, de l'avoir calomnié.

– Eh bien ? me demanda ma femme, tandis que je me déshabillais pour m'étendre à ses côtés, quelle impression t'a faite mon « pays » ?

– Excellente ! C'est, comme tu me l'annonçais, un gai compagnon, et ce sera, j'en suis sûr, un gardien débrouillard.

– Tout est donc pour le mieux, déclara-t-elle de sa plus jolie voix, en se pelotonnant, comme une chatte heureuse, sous les couvertures, avec une flamme de contentement sur ses pommettes roses et les yeux noyés à demi de cette mystérieuse vapeur de rêve qui leur donnait, à de certaines heures, l'attirance obscure et vertigineuse d'un gouffre, depuis son voyage en Trégor.

*

Le lendemain, je ne me réveillai, contre mon ordinaire, qu'assez tard. Il faisait plein jour, et les premiers rayons du soleil frappaient au loin la mer.

Grande fut ma surprise d'entendre qu'on causait avec animation dans la cour de la caserne où régnait, la plupart du temps, un silence de cimetière, notre voisine n'étant presque jamais là, et ses enfants eux-mêmes s'envolant dès l'aube, comme une couvée d'oisillons, les uns pour se rendre à l'école, les autres pour grappiller dans les campagnes d'alentour. Je soulevai les rideaux de la fenêtre, et ce que je vis me sembla tellement insolite que je refusai d'abord d'en croire mes yeux. La femme Chevanton, oui, la sombre, la sournoise Îlienne en personne, conversait le plus aimablement du monde avec Louarn, assise près de lui, les jambes pendantes, sur le muret qui borde le jardin ; et elle avait tout l'air de faire pour lui des grâces, ma parole, les joues empourprées sous le hâle, les paupières baissées et frémissantes, comme d'une femme en trouble d'amour.

Mais le plus prodigieux, c'est que ce diable d'homme avait séduit jusqu'à la bande des marmots farouches, et qu'ils se tenaient accroupis pêle-mêle à ses pieds, en des attitudes contemplatives et béates de hiboux apprivoisés. Je hélai Adèle, pour qu'elle fût témoin de ce miracle. Elle sauta du lit, tout ensommeillée, et accourut en chemise.

– Quoi ?... Qu'est-ce que c'est ?...

– Regarde, lui dis-je... Ce Louarn est un sorcier. Ce que tu n'as pu en six mois, il l'accomplit en quelques instants. Il n'a qu'à paraître, tout lui cède.

Elle écarta de la main les mèches de ses cheveux éparses sur son visage et, après avoir examiné le groupe :

– À ta place, fit-elle, au lieu de trouver cela plaisant, j'en aurais de l'inquiétude.

Je m'attendais si peu à une réflexion de ce genre, que je répétai machinalement, après elle, comme un écho :

– De l'inquiétude !...

Elle poursuivit avec feu :

– Faut-il tout de même que tu sois naïf, mon pauvre Goulven !... Non ! tu te figures sérieusement que cette sauvagesse a été ensorcelée comme cela, du premier coup par les attraits irrésistibles du nouveau gardien ?... Mais, malheureux, tu ne vois donc pas que c'est elle, au contraire, qui, avec ses petites mines confites et ses manières cauteleuses, cherche à s'insinuer dans sa confiance, pour, ensuite, le détacher de nous et l'accaparer ?... Hamon fut pareillement en butte à ses entreprises, dans le début. Je le tiens de sa bouche. Quand il est venu me dire adieu, son dernier mot a été : « Gardez-vous de cette femme comme de la mort ! » Il n'était pas d'horreurs qu'elle ne lui débitât sur notre compte. Elle déteste en toi le chef de son mari, et moi, elle me hait d'une haine aveugle, d'une haine inexpiable. C'est elle qui est cause si les gens de la Pointe me regardent en dessous d'un air stupide, moitié hostile, moitié craintif, et si les ménagères de Plogoff, lorsque j'assiste à la messe, font autour de ma chaise ce vide insultant. Si tu savais les ignominies qu'elle raconte sur moi !... À l'entendre, je suis une pécheresse diabolique, un démon de luxure, une « seconde Ahès[3] » ! Demande plutôt à notre lavandière à qui l'on rapporte tous ces propos et qui, dans le principe, éprouvait elle-même une sorte de honte mêlée d'effroi à toucher mon linge. Est-ce assez odieux et assez bête !... J'avais évité de t'en parler jusqu'à ce jour. À quoi bon t'ennuyer de ces histoires ? Et cela m'est si indifférent, après tout, le mal que des Capistes peuvent penser de moi... Ce que je ne veux pas, en revanche, ce que je ne veux à aucun prix, entends-tu, c'est qu'elle nous desserve auprès de Louarn comme elle nous a desservis auprès des autres. Et elle s'y attachera, tu sais, avec d'autant plus de férocité qu'il est mon compatriote et, comme tu dis, mon protégé. C'est un serpent que cette femme. Elle a toutes les astuces et, sous son air cafard, toutes les audaces. Si tu la laisses faire, en quelques semaines, elle t'aura retourné ton gardien... Je le connais, c'est un Trégorrois, le meilleur, mais le plus faible des hommes. Il n'est pas de taille à jouter contre l'Îlienne. Et le vois-tu d'ici colportant

3. Ahès, tantôt fée, géante ou princesse, est un personnage des légendes bretonnes.

chez moi, dans mon pays, dans ma parenté, toutes les sottises, toutes les vilenies, toutes les abominations qu'on lui aura fait accroire ? Ce sera du propre !

Elle était à bout de voix ; sous la toile fine de sa chemise, sa gorge haletait. Je saisis ses bras nus, qu'elle avait noués sur ses yeux gonflés par les larmes, et je murmurai du ton le plus soumis, le plus humble :

– Adèle, mon enfant, tu sais bien que je suis prêt à faire tout ce que tu jugeras bon… Donne-moi seulement un conseil, une idée… Tu as l'esprit vif, toi. Conçois-tu quelque moyen d'empêcher ce que tu redoutes ?

– Il n'y en a qu'un, répondit-elle, et qui te coûtera probablement, mais pas plus qu'à moi-même.

– Lequel ?

– D'offrir à Louarn de prendre pension chez nous, les jours qu'il sera de permission à terre… Et, tu sais, ne tarde pas trop. Sans quoi l'Îlienne l'aura bientôt chambré.

Malgré moi, j'avais froncé les sourcils. Admettre ainsi un tiers dans notre intimité, dresser à notre chère petite table d'amoureux le couvert d'un « pensionnaire », d'un intrus, il y avait là quelque chose qui blessait en moi mes sentiments profonds. Notre logis m'était toujours apparu comme une sorte de sanctuaire domestique que la présence d'Adèle ennoblissait d'un prestige sacré. Chaque fois que j'y pénétrais, au retour de mes exils en mer, j'étais tenté de faire des génuflexions sur le seuil, comme jadis, lorsque, enfant de chœur, j'accompagnais le prêtre à l'autel. Et voici qu'Adèle elle-même me demandait d'en ouvrir les portes toutes grandes à un profane ! Oui, vraiment, cela me répugnait... Je laissai retomber ses mains.

– Quoi ! fit-elle, tu refuses ?

Elle s'était reculée jusqu'au lit, si pâle que je la crus près de défaillir. Le regard d'étonnement douloureux qu'elle fixait sur moi acheva de me bouleverser. Je me précipitai vers elle, juste à temps pour empêcher qu'elle ne s'affaissât sur le parquet. Ses prunelles roulaient, éperdues. Je la couchai sur mes bras et couvris son épaule de baisers. Elle murmurait, d'une voix accablée, d'une voix éteinte :

– Tu ne m'aimes pas !... Tu ne sais pas m'aimer !...

*

Un quart d'heure plus tard, mon ingénieur, j'invitais Hervé Louarn à déjeuner avec nous et, le soir du même jour, il fut entendu d'un commun accord qu'Adèle le nourrirait, durant ses périodes de congé, moyennant une somme fixe de trente-cinq francs tous les trois mois. Comme, en attendant qu'il pût rejoindre son poste, il avait obtenu d'être remplacé par un intérimaire, nous passâmes ensemble la fin de cette quinzaine, et je dois à la vérité de convenir que ce sont peut-être les seuls instants de ma vie où, sans aucun retour triste sur les autres ni sur moi-même, je me sois pleinement oublié à être gai. Je ne me reconnaissais plus. C'était comme si, au contact de mon nouveau compagnon, quelque chose de sa légèreté charmante et de sa libre insouciance se fût communiqué à mes esprits. Louarn était de ces natures heureuses dont l'influence agit sur vous à la façon d'un philtre. On est pris, avant même qu'on ait songé à se défendre. Et l'on cesse, dès lors, de s'appartenir. On ne voit plus que par leurs yeux, on ne pense plus qu'avec leur cerveau.

J'essayai d'abord, néanmoins, de lutter contre cette espèce d'envoûtement, et, par exemple, au cours des premiers repas, je fis exprès de ne parler avec notre commensal que des questions du service, en ayant soin d'y mettre une petite nuance condescendante de chef hiérarchique à subordonné. Sa déférence, l'intérêt très réel qu'il portait au métier, la promptitude avec laquelle il saisissait les explications les plus délicates, et la haute idée qu'il me donnait ainsi de mes talents d'instructeur me désarmèrent. Je ne résistai plus à la sympathie irraisonnée qui m'entraînait vers cet homme. Je me livrai à lui comme je m'étais livré à Adèle. Ce fut, dans un autre domaine de sentiments, le même abandon complet, la même abdication de tout moi.

Je vous ai dit, mon ingénieur, en quelle solitude d'âme je m'étais renfermé jusqu'alors : une timidité invincible m'écartait du commerce des autres hommes. Ni au collège, ni sur les bâtiments de l'État, je n'avais eu de liaison étroite avec personne. Je ne savais pas faire d'avances, et la réserve dont je ne pouvais prendre sur moi de me départir empêchait, sans doute, que l'on m'en fît. Quant à mes collègues des phares, j'avais toujours été incapable de les considérer autrement que comme des collègues. Puis, s'il faut l'avouer, les commencements d'éducation que j'avais reçus et que je m'étais plu à développer par la suite n'étaient pas sans me rendre un tantinet suspect à leurs yeux, ni sans me donner moi-même, si peu vaniteux que je fusse, une médiocre envie de les fréquenter.

Jamais, à coup sûr, il ne me fût venu à la pensée, même en mes heures les plus sombres – comme pendant ces nuits de Gorlébella, où il m'arrivait de crier silencieusement ma détresse vers les étoiles –, non, jamais il ne me fût venu à la pensée de chercher le moindre réconfort à mes maux auprès d'un Chevanton goguenard et vulgaire ou d'un maniaque, tel que Prosper Hamon. Je les tenais, certes, pour d'honnêtes gens, mais de me commettre avec eux, pas une fois je n'y songeai… Qu'est-ce que Louarn avait de plus que ceux-là ? Je ne me le demandai même point. J'allai à lui d'un mouvement aveugle, comme va le fer à l'aimant. Au bout de deux jours qu'il était des nôtres, sa présence, loin de m'être une gêne me parut aussi naturelle que, par ce temps d'avril, la claire flambée du soleil dans nos vitres. Je me sers à dessein de cette comparaison. Ce petit Trégorrois brun, à la frimousse expressive, aux yeux rieurs, dégageait partout où il était de la lumière, de la chaleur, de la vie.

Non pas sans doute qu'il n'eût ses imperfections. Qui n'a les siennes ?… Je lui aurais voulu, par exemple, un penchant moins prononcé pour les propos un peu libres. Il ne se surveillait pas assez, à mon gré, devant Adèle. Mais, comme celle-ci n'en paraissait nullement offusquée, bien au contraire, je crus de mon devoir d'imiter sa complaisance envers notre hôte. Je fus quitte pour refouler les protestations d'une absurde austérité léonarde, sucée avec le lait maternel.

J'ajouterai que Louarn avait un art si à lui de tourner les choses les plus risquées qu'il eût fallu être un butor pour en prendre ombrage.

Bientôt, dépouillant mes goûts casaniers, je saisis toutes les occasions de sortir avec lui, à l'issue des repas. Adèle m'y poussait.

– Cela te fait du bien, me disait-elle. Tu rentres de ces promenades tout rajeuni.

Et c'était vrai. Je sentais éclore et s'épanouir en moi toute une flore trop longtemps comprimée. C'était comme si le monde se fût élargi. J'étais devenu capable d'épanchement ; je savourais, avec une volupté d'autant plus profonde qu'elle avait été plus tardive, les douceurs, toutes nouvelles pour moi, d'une naissante amitié.

Je fis à Louarn les honneurs du pays. J'aurais été vexé, je crois, qu'il se fût adressé à d'autres pour le piloter dans nos alentours.

Nous parcourûmes ensemble la Pointe et les villages situés dans cette partie du Cap, sur les confins de notre désert. Il avait des curiosités, des familiarités qui m'étaient inconnues. Sous prétexte d'allumer une cigarette, il pénétrait dans les maisons, entamait un bout de causette avec les gens, s'appropriait leur dialecte et jusqu'à leur accent, leur donnait l'illusion qu'il était de leur parentage, et les laissait si ravis de ses manières et de sa personne qu'il n'y eut soudain, dans toute la contrée, qu'une voix pour célébrer ses louanges.

– À la bonne heure ! s'écriait-on. Celui-ci, du moins, n'est pas fier ! Il est comme l'un d'entre nous !

Je me grisais moi-même de sa popularité. J'en vins à exhiber « mon gardien » ou, comme je disais encore, « le cousin de ma femme », avec une espèce d'orgueil naïf. J'étais secrètement flatté que, chez les paysans de Troguèr aussi bien que chez les pêcheurs de Lezcoff, il ne fût bruit que du « gentil Trégorrois ». Il n'y eut pas jusqu'au presbytère où l'on ne me comblât de félicitations pour avoir enrichi la paroisse de cette ouaille modèle… Ah ! quand ils vont savoir ce que j'en ai fait, de leur ouaille, de leur gentil Trégorrois, j'entends d'ici leur clameur d'exécration sauvage, et les « *ma Doué*[4] » des femmes, et la voix larmoyante du recteur psalmodiant du haut de la chaire, avant le prône dominical :

– Prions, mes frères et mes sœurs, pour la pauvre âme défunte d'Hervé Louarn, mort victime d'une si épouvantable fatalité !

Tas d'imbéciles !…

---

4. « Mon Dieu »

VII

28 avril.

Veuillez me pardonner les mots qui me sont échappés avant-hier, mon ingénieur. Je vais, je pense, après cette interruption de deux jours, pouvoir continuer avec calme. La nuit dernière, je n'aurais pas pu. En m'asseyant à mon banc de quart et sur le point de reprendre la plume, mal réveillé encore de mon lourd somme de l'après-midi, j'avais eu je ne sais quelle défaillance de mémoire. Pourquoi cette table ? Pourquoi ce papier ? Je cherchais et je ne trouvais plus. Il y avait dans ma tête comme un grand trou au fond duquel bruissait une plainte longue et triste, pareille à la rumeur de la mer au dehors. Les éclats réguliers de la lanterne dansaient devant mes yeux. Je me plongeai le front dans les mains pour tâcher de me ressaisir. Brusquement, il me sembla qu'on me touchait l'épaule, et une voix, dont le timbre fit courir une vibration douloureuse dans tout mon être, dit :

– Allons ! Te voilà encore parti à rêver d'Elle, Goulven Dénès !

Du coup, le souvenir me revint. Je poussai un rugissement de bête et, les paumes crispées, m'apprêtai à sauter à la gorge de celui qui avait parlé. Mais il n'était plus là. Je courus à la porte : elle était restée fermée au verrou. Je prêtai l'oreille : nulle fuite de pas dans l'escalier ; tout le phare était silencieux comme une tombe. J'avais été le jouet d'une hallucination. « Te voilà encore parti à rêver d'Elle !... » Que de fois ne l'avais-je pas entendue, cette phrase, et toujours avec quel tressaillement de joie profonde ! C'est ainsi qu'il avait coutume de m'apostropher, lorsqu'en montant pour me relever de ma garde, il me trouvait absorbé dans mes éternelles méditations d'amour. Il avait un plaisir espiègle à me surprendre, faisait exprès de gravir les marches une à une, sans bruit, et de se précipiter dans la chambre à l'improviste.

– Ne rougis pas, continuait-il (car je me laissais tutoyer par lui, comme par un frère cadet), ne rougis pas et va te coucher !

Il m'arrivait de lui obéir, les nuits où j'étais trop las. Mais, le plus souvent, je restais à tourner dans la lanterne, sous prétexte de régler l'appareil, de mesurer la hauteur de l'huile ou d'inspecter quelque rouage ; en réalité, j'attendais qu'il me dît, de sa voix un peu gouailleuse :

– Tu préfères causer ? Soit. Causons.

Il me contait des épisodes de sa vie sénégalienne, des histoires de femmes, pour la plupart – étranges et perverses, respirant je ne sais quelle odeur irritante de barbarie et de volupté. Je les écoutais sans répulsion, maintenant. Il y avait quelque chose de sali en moi… Invariablement, Louarn concluait :

– Vois-tu, Goulven, qui n'a pas aimé là-bas, sur les berges du Haut-Fleuve, celui-là ne connaît point les délices de l'amour !

Je hochais la tête et, souriant au dedans de moi aux images encore toutes tièdes de mes nuits à terre, je lui demandais, les yeux perdus :

– En es-tu bien sûr, Hervé Louarn ?

Comme par une pente fatale, nous en venions à parler d'Adèle. Je m'ouvrais à mon compagnon de mille choses intimes, enfouies au plus profond de mon être et qu'il ne me semblait pas que j'eusse jamais osé révéler. Il ne s'écoulait guère de soir que je ne lui montrasse à nu quelque pan de mon âme, brûlé, calciné par l'unique passion qui l'embrasait toute. J'éprouvais un soulagement indicible à étaler devant lui ma plaie secrète, l'ulcère à la fois glorieux et misérable, le cher tourment dont j'étais rongé. Non content de m'écouter, il m'incitait à poursuivre. Ces confidences – je m'en rends compte aujourd'hui – avaient pour lui un piment tout spécial, et je ne m'étonne plus de l'intérêt qu'il paraissait y prendre. Mais vous concevez, mon ingénieur, si, alors, avec ma tranquille niaiserie léonarde, je lui savais gré d'une attention dont j'étais à cinq cents lieues de soupçonner les véritables causes. Il affectait, d'ailleurs, une indulgence compatissante à laquelle de plus habiles que moi se fussent trompés. Et puis, somme toute, ce que je lui dévoilais ainsi de ma nature ne devait pas être sans lui faire faire, à de certains moments, des réflexions peu rassurantes.

– Tu es un singulier caractère, me dit-il un jour. Et si ta femme, comme tu prétends, n'a pas constamment avec toi l'entier abandon que tu souhaiterais, si même il est des périodes où elle s'écarte et se refuse, tu n'as peut-être pas autant que tu t'imagines le droit d'en être vexé. Plus que ses caprices de sirène trégorroise, il faut en accuser ta propre humeur, cette violence concentrée qui est dans ta race et qui, nous autres, nous déconcerte ou nous effraie. Il y a des façons d'aimer qui paralysent l'amour… Toi-même, tu l'avoues : tu n'as de mesure en rien, la vieille âme farouche de tes ancêtres gronde sans cesse en toi ; pour une peccadille, tu irais jusqu'au meurtre !… En Trégor, les femmes sont habituées à des manières plus douces et plus égales. À la place d'Adèle, ma foi ! j'aurais aussi mes révoltes. Sous des apparences de docilité moutonnière, tu es souvent le plus tyrannique des hommes. J'ai eu, dans ma compagnie, un sergent qui te ressemblait sur ce point. C'était un Basque, camarade obligeant, sérieux, un peu triste ; jamais il ne buvait ni ne courait, comme nous, la prétentaine. Voici que nous sommes envoyés en détachement dans l'intérieur. Là, le sergent, jusqu'alors si réservé, s'énamoura, Dieu sait comment, d'une petite moricaude : cela lui prit comme une rage. Il devint fou d'elle au point de la séquestrer dans sa paillotte. La belle, à la longue, trouva qu'elle manquait d'air et s'ensauva. Que penses-tu que fit José le Basque, le bon José ?

Eh bien ! il paya des nègres pour la châtier à la mode du pays, c'est-à-dire qu'elle fut enterrée dans le sable jusqu'aux épaules et qu'elle eut la tête mangée toute vive par les mouches. Quant à lui, il se tira une balle.

– Grand merci ! ripostai-je, tu me découvres de jolies ressemblances !

Je ne me fâchais point de ces duretés. Plutôt même étais-je ravi de le voir ainsi, en toute occurrence, embrasser contre moi le parti d'Adèle. J'étais si heureux d'avoir en lui quelqu'un qui la sût apprécier et qui me la vantât, fût-ce à mon détriment !… Lorsqu'il rentrait de ses quinze jours de permission, j'étais le premier à lui tendre la main pour l'aider à se hisser jusqu'au seuil du phare, et, le canot reparti, emportant Chevanton, de quelle étreinte je pressais le nouvel arrivant, mon vrai compagnon de garde, mon frère ! Je saluais en lui la colombe de l'arche, le plus attendu des messagers. Ne m'apportait-il pas des nouvelles toutes fraîches de ma femme ! Ne l'avait-il pas vue deux fois le jour ! N'avait-il pas vécu des heures à ses côtés ! Un peu d'elle, me semblait-il, par l'intermédiaire de cet homme, venait jusqu'à moi, et j'avais parfois l'illusion – qui, du reste, n'en était pas une – que d'avoir respiré son atmosphère, il avait retenu, dans ses vêtements, quelque chose de son parfum !… Cette nuit-là, et les nuits d'après, je ne descendais de la lanterne qu'à l'aube claire, quand Louarn, son quart terminé et le feu éteint, regagnait lui-même sa couchette.

La vie de mer, en sa compagnie, m'était devenue presque tolérable. Les heures de Gorlébella me semblaient voler d'une aile moins lourde. Quant à ma femme, je n'avais qu'à me louer d'elle. Elle ne se plaignait plus de rien, pas même de moi.

Elle ne m'écrasait plus de sa supériorité dédaigneuse, avait dans son air, dans sa personne, un je ne sais quoi de plus réfléchi, de plus sage. Mes contemplations silencieuses ne l'agaçaient plus. En revanche, elle demeurait elle-même des soirées entières sans éprouver le besoin de dire une parole. Son joli front mat, qu'enserrait sous la coiffe large ouverte le double bandeau de ses cheveux tressés, travaillait toujours, sans doute, mais en dedans ; elle ne rêvait plus tout haut, comme naguère, gardait pour elle seule ses imaginations et leurs mystérieux enchantements. Je l'en plaisantai une fois, non sans un secret dépit.

– Oui, répondit-elle, j'ai fait vœu d'être désormais une femme sérieuse. Le temps des enfantillages est passé… Il faut que cet hiver, j'aie fini ma courtepointe.

Cette broderie qu'elle avait laissée dormir des années, elle s'y était attelée maintenant avec une ardeur quasi fébrile et, dès qu'elle avait desservi le souper, jusqu'au moment où je la suppliais de se mettre au lit, elle n'en détachait plus ses yeux. De toutes façons, d'ailleurs, l'Adèle indolente s'était transformée en une ménagère active, si active qu'elle n'avait pour ainsi dire plus le loisir d'être un peu à moi. Mille soins qu'elle m'abandonnait volontiers autrefois nécessitaient aujourd'hui son intervention. Et, si je tentais de m'en mêler :

– Non, s'il te plaît… Ce n'est pas à toi de t'occuper de cela… Tu es ici pour te reposer.

Elle ne tarissait point en prévenances dont j'étais tenu de paraître flatté et qui, au fond, me rendaient fort malheureux. La Trégorroise diligente, calmée, assagie, me faisait regretter l'autre, avec ses fougues soudaines, ses écarts ombrageux et la grâce frémissante de ses retours si adorablement passionnés. Deux ou trois fois, j'essayai de l'entraîner à une de ces petites équipées qui, jadis, lui étaient si chères, vers la ville.

– Il y a longtemps que nous n'avons fait le tour des boutiques, lui disais-je… C'est foire à Douarnenez, demain. Si j'allais demander la voiture ?…

Elle penchait un peu la tête sur l'épaule et, avec une moue drôlette d'enfant qu'on dérange dans ses jeux, répondait :

– En as-tu donc si envie, Goulven ?… Moi, plus rien ne me plaît tant que mon chez moi. On est si bien ici !…

Je n'étais pas loin de trouver qu'on y était trop bien. Et cela m'était un nouveau sujet de mécontentement contre moi-même. Quoi ! cette paisible vie d'intérieur après laquelle j'avais toujours soupiré de tous mes vœux, elle m'était donnée, elle m'était rendue, aussi complète que je la pouvais souhaiter, et, au lieu d'en savourer la tiédeur apaisante, comme tout m'y conviait, je me prenais à lui préférer les hantises troubles et malsaines d'un passé dont j'avais tant souffert !… Car je n'avais pas à me le dissimuler : une nostalgie invincible me travaillait – la nostalgie de nos querelles anciennes, celle surtout des réconciliations qui en étaient la suite habituelle et comme le rachat. Je ressentais, au moral, un énervement analogue à celui que m'avait souvent causé, en escadre, le long des côtes levantines, la persistante limpidité des ciels d'Orient. J'appelais instinctivement l'orage. Il devait venir, mais non point tel que je l'attendais !…

*

Un proverbe léonard s'exprime ainsi : « Le malheur tousse généralement trois fois, avant de se mettre en route. » Je ne reçus, quant à moi, qu'un avertissement, mais il fut significatif.

C'était à la date du 2 mars dernier. Louarn avait repris le service au phare dans l'après-midi. Il faisait un temps moite et lourd, comme chauffé par les grandes fournaises atlantiques ; les nuages semblaient s'affaisser dans le ciel sous le poids de leur électricité. J'avais allumé le feu et aidé Louarn à essuyer les vitres de la lanterne qu'une buée épaisse avait envahies. Tout en frottant, je m'enquérais auprès de lui des choses et des gens de la Pointe, c'est-à-dire d'Adèle, et d'Adèle seule, comme bien vous pensez.

– À propos, fit-il tout à coup, toi qui prétends que tu ne me caches rien, il paraît que tu ne m'as pas encore jugé digne de contempler le « coffre à Jim » !

– Elle t'a donc raconté cette sotte histoire ?... Et vous vous êtes un peu moqués de moi, je parie !

– Non. Mais j'en ai conclu que tu es un fameux cachottier. Quand me la montreras-tu, cette boîte miraculeuse ?

– Oh ! s'il ne faut que cela pour te faire plaisir !...

Je dégringolais déjà quatre à quatre les marches de l'escalier. L'obscurité, dans ma cellule, était si profonde qu'il me fallut cueillir à tâtons le petit meuble sur l'étagère d'angle où, depuis tantôt deux ans, il avait sa place. Ma gaucherie sans doute fut cause qu'un des menus tiroirs, mal fermé, s'entrouvrit, car j'entendis le tintement d'une pièce de monnaie sur le parquet de briques.

– Mon sou de dix-huit deniers ! murmurai-je.

Vite, je m'agenouille, et me voilà de promener mes mains à plat sur le sol pour le retrouver. Ne sentant rien, je me penche davantage, et comme j'étends le bras sous le lit, un frisson subit me parcourt les moelles. Le sou est là, qui brille dans les ténèbres, qui brille d'une pâle clarté verdâtre et darde sur moi, dirait-on, l'unique et fascinante prunelle de quelque bête invisible de l'ombre.

– Qu'est-ce que tu as ? s'écria Louarn, lorsque je fus de retour dans la lanterne. Tu es aussi blême que si tu avais vu la mort !...

Je m'étais affalé sur le banc de quart, et ce ne fut qu'après un assez long intervalle, qu'ayant enfin surmonté mon trouble, je pus mettre mon compagnon au courant de l'aventure.

– Bah ! fit-il, des blagues !… Tu crois encore à ces sornettes de bonnes femmes ?… Un talisman, n'est-ce pas ?… comme dans les contes de fées !

Il riait d'un rire saccadé, un peu voulu, qui ne laissait pas de trahir un certain malaise. Je lui rétorquai :

– Et la lueur, alors ?… Tu ne diras cependant pas que je l'ai rêvée ?…

Il eut un haussement d'épaules :

– Ces choses-là s'expliquent à l'école primaire… Le vert-de-gris, l'humidité, la phosphorescence, que sais-je, moi ! D'ailleurs, ajouta-t-il, en venant se planter en face de moi, faisons un pari : nous sommes au 2 mars ; si d'ici le 2 avril il ne t'est rien arrivé de malencontreux, tu nous paies une petite noce de famille. Dans le cas contraire, eh bien, c'est moi qui m'exécuterai… Cela te va-t-il ?

Je lui topai machinalement dans les deux mains. Pour détourner le cours de mes pensées vers des images plus riantes, il entreprit de dresser incontinent le menu d'un repas pantagruélique. Je m'efforçai moi-même de me prêter à ce jeu. Mais nous n'étions plus en train ni l'un ni l'autre. Au bout de quelques minutes, il se rappela brusquement qu'il ne lui restait guère qu'une couple d'heures à dormir, avant de me relayer au quart de minuit, et il me souhaita le bonsoir, sans même avoir abaissé son regard sur le « coffre à Jim ».

Moi, demeuré seul, je n'eus rien de plus pressé que d'ouvrir le léger meuble et d'en sortir – pour la première fois peut-être depuis mon mariage –, non les lettres d'Adèle Lézurec, mais celles de ma mère… Ma mère ! Il y avait cinq grandes années qu'elle était comme absente de ma vie. Pas une fois, en ces cinq années, je n'avais éprouvé le besoin de lui écrire. Elle, de son côté, ne m'y provoquait point. Adolescent, n'avais-je pas brisé son rêve le plus cher, en me faisant exclure, à mi-route, des voies qui mènent vers le sacerdoce ? Jeune homme, ne lui avais-je pas porté un coup plus sensible encore, en me mésalliant avec une Trégorroise, fille d'une autre race, qu'elle tenait pour issue du sang maudit des Sirènes, et qu'à ce titre elle avait toujours refusé de connaître ?… Ni elle, ni moi, cependant, nous n'avions poussé jusqu'à la rupture définitive. À défaut d'échanges épistolaires, nous restions en communication, de temps à autre, par l'intermédiaire des maraîchers roscovites qui parcourent, chaque saison toute la Bretagne. Parmi ceux qui fréquentaient régulièrement la région du Cap, je comptais plus d'un de mes anciens condisciples de Saint-Pol. Catherine Dénès les priait de s'enquérir si j'avais toujours sujet d'être content de mon sort ; moi, en retour, je les chargeais de lui porter mes vœux de longue santé. Mais c'étaient à peu près toutes nos relations. La violence de ma passion pour Adèle avait absorbé, anéanti toutes mes autres facultés d'amour.

Aux heures de crise seulement, lorsque je sentais ma femme m'échapper et me devenir cruellement étrangère, presque hostile, dans la détresse infinie dont j'étais plein, la pâle et mélancolique figure de ma mère reprenait vie et couleur sur un lointain d'autant plus lumineux que le présent m'apparaissait plus sombre. J'élevais vers elle mon âme endolorie. J'invoquais, de ses yeux compatissants, la pitié qui m'eût été douce ; je lui disais, avec l'accent d'une prière enfantine :

– Si tu savais, maman, comme j'ai mal !…

De l'associer ainsi à ma peine, j'avais l'illusion d'un soulagement. La force mauvaise qui refoulait en moi le torrent des larmes cédait enfin : je pouvais pleurer !… Ces réminiscences de tendresse filiale duraient, d'ailleurs, ce que duraient les froideurs d'Adèle. Pas même. L'instant d'après, je les reniais lâchement et m'en faisais de sanglants reproches, comme d'une apostasie envers mon idole.

Le soir dont je vous parle, mon ingénieur, j'eus, pour la première fois, le sentiment très aigu de l'indignité d'une telle conduite. En soupesant le paquet si léger des pauvres chères lettres dont les irrégulières suscriptions trahissaient la touchante inhabileté de l'écriture maternelle, il me sembla que c'était tout le cœur de ma mère qui frémissait là, sous ces enveloppes jaunies, tout son humble cœur meurtri, à qui je devais tant et que j'avais si mal récompensé… Une idée affreuse me traversa l'esprit : s'il s'appliquait à elle, cependant, le présage qui m'avait troublé si fort ? Si la lueur révélatrice était pour me signifier son prochain trépas ?… Partie sur cette piste, mon imagination prompte à se créer des fantômes ne me représenta plus que spectacles funèbres. Je vis la maison de mon enfance, sa vaste cuisine, ses boiseries sévères, et, dans le jour voilé de la fenêtre, couchée sur un lit d'apparat, son chapelet des dimanches noué autour de ses mains jointes, la forme à jamais immobile et muette de la vieille paysanne léonarde qui avait si longtemps aimé, caressé en moi le fils élu de ses rêves, son enfant prédestiné !…

« J'ai trop péché envers elle, me disais-je. Ce sera, j'en suis sûr, mon châtiment d'apprendre sa mort avant que j'aie pu lui témoigner mon repentir. »

Lorsqu'à minuit Louarn remonta, je m'empressai de lui céder la place, par crainte qu'il ne me fît honte de mes angoisses et ne me plaisantât sur mes remords. Je ne réussis à m'endormir que vers le matin, et d'un sommeil peuplé de cauchemars. Les mêmes visions d'agonie et de deuil qui avaient hanté ma veillée m'assaillirent dans mes songes, avec cette différence toutefois qu'à l'austère manoir familial s'était substitué notre logis de la Pointe et que le cadavre étendu sur le lit d'apparat avait, non plus les traits amaigris et un peu ascétiques de Catherine Dénès, mais le jeune, délicat et transparent visage d'Adèle Lézurec. Je me réveillai dans un sursaut d'épouvante. Et, sitôt que j'eus repris conscience de la réalité, ce fut pour laisser échapper cette prière – ou cette imprécation – comme il vous plaira :

– Tout ce que vous voudrez, Seigneur Dieu ! mais pas elle, au nom de vos cinq plaies ! pas elle !

Au prix de la perte d'Adèle, la mort de ma mère, de ma sainte mère, m'apparaissait comme un événement fâcheux, sans doute, mais supportable… Aussi bien, tout ça n'était peut-être que des histoires, comme disait Louarn. Je sautai à bas de ma couchette, presque rasséréné ; puis sans prendre le temps de m'habiller tout à fait, pieds nus et en corps de chemise, je grimpai d'une haleine jusqu'à la lanterne. Les brumes étaient tombées ; la clarté toute neuve du soleil de mars argentait les grands espaces lavés de frais. Accoudé à la balustrade de la galerie extérieure, je braquai ma longue-vue sur les falaises du Cap que commençait à couronner un gazon reverdi. Le paysage, en dépit de ses durs hérissements de pierre, était d'une majesté paisible.

De notre caserne, je ne pouvais, à cette distance apercevoir que le toit ; mais au-dessus d'une cheminée de pignon, que j'aurais reconnue à des lieues, une spirale de fumée grêle se balançait doucement… Je n'en cherchai point davantage. Comme les brumes, mes dernières idées sombres s'étaient dissipées. Louarn qui péchait à la ligne, assis sur le seuil du phare, me héla :

– Tu ne descends pas casser une croûte ?

Gaiement, je répliquai :

– On y va, jeune homme !

Et jamais, je crois bien, je ne trouvai saveur pareille au biscuit de Gorlébella.

VIII

20 avril.

Je touche à la fin de mon calvaire, mon ingénieur. Mais ce sont les marches les plus pénibles qui me restent à gravir.

Je ne pense pas que le Raz – du moins en cette saison de l'année – ait vu beaucoup de journées aussi radieuses que celle du jeudi 17 mars. L'air était tiède comme en juin. Une lumière généreuse avivait d'une splendeur presque estivale les lointains élargis. La courbe des eaux, à l'horizon, avait des teintes d'un bleu intense que rehaussait un mince linéament d'or. Autour du phare, les courants semblaient se jouer avec abandon, déroulant les mille reflets de leurs soies et de leurs satins, telles que des écharpes de fées, tissées de toutes les irisations de l'arc-en-ciel. Il n'était pas jusqu'à l'île de Sein, dans l'ouest, dont la longue échine plate et triste ne se fût comme soulevée sur la mer, pour saluer la résurrection du soleil ; ce n'était plus la terre-épave, à demi sombrée ; on eût dit que les façades blanches de ses maisons se déployaient, prêtes à prendre le vent, ainsi que des voiles. Quant au continent, il nous faisait l'effet de s'avancer vers Gorlébella comme la proue éclatante d'un navire surnaturel.

Et voici qu'une vraie barque s'en détacha, contourna son énorme carène et cingla droit sur nous, d'un vol si souple qu'il égratignait à peine la crête onduleuse des vagues.

– Ohé ! ceux de là-haut !

– Ohé ! ceux de là-bas !

Dix minutes plus tard, le *Ravitailleur* accostait.

– Allons, le permissionnaire ! cria de sa voix joyeusement bourrue le vieux patron Lozac'h, lorsque les paniers de provisions, les sacs à linge et le tonnelet d'eau fraîche eurent été hissés au sommet de la roche.

Le permissionnaire, mon ingénieur, c'était moi. Je sautai dans l'embarcation et m'installai, sur l'arrière, à la place que Chevanton venait de quitter.

– A-t-il de la chance, ce chef ! fit Louarn. Beau temps, mer belle et du soleil assuré pour ses quinze jours !… sans compter le reste, ajouta-t-il, avec une grimace expressive, en faisant claquer sa langue contre son palais.

Chevanton esquissa un mauvais sourire. Le *Ravitailleur* dérapait. Je tendis une dernière fois la main à Louarn, en lui redemandant, par manière d'habitude :

– Ainsi, pas de commissions pour la « grande terre » ?

– Aucune. Tu prieras seulement qu'on n'oublie pas de soigner Cocotte.

– Sois tranquille, répondis-je ; j'irai moi-même, dès mon arrivée, lui donner de tes nouvelles et m'informer des siennes.

Nous filions déjà grand largue, quand, derrière nous, sa voix résonna encore :

– C'est Chevanton qui brûle d'envie de te charger d'embrasser pour lui sa femme !

Nous entendîmes Chevanton qui protestait en une sorte de grognement indistinct : après quoi, il n'y eut plus autour de nous que le froissement argentin des eaux à l'avant de la barque et le chant atténué, la grande harmonie en sourdine de la mer dans les lointains occidentaux.

– Ce Louarn aurait dû s'appeler *Moualc'h*[5], prononça au bout d'un quart d'heure le patron Lozac'h dont ce n'est pas le défaut d'être bavard et qui ne laisse tomber une phrase que lorsqu'elle se détache d'elle-même comme un fruit mûr. Puis, après avoir fait changer de côté à sa chique :

– Car c'est un vrai merle, n'est-ce pas ? monsieur Dénès, le merle des merles… Toujours le mot drôle !… De la gaieté à revendre, que c'en est une bénédiction !… Il en faudrait quelques-uns comme cela, dans la vallée de Josaphat, au jour du dernier jugement. Ça dériderait le bon Dieu.

Le mousse et le matelot firent chorus :

– Pour sûr qu'il est gai !… Et si bon enfant !… s'arrêtant à causer avec un chacun, prêt à donner un coup de main aussi lestement qu'un coup de langue.

5. Il y a ici un jeu de mots en breton : *Louarn* veut dire renard et *Moualc'h* merle.

– Oui, repartis-je sans même songer à ce que ces éloges contenaient, en somme, de critique à mon adresse, ils sont ainsi, ces Trégorrois. Chez nous, en Léon, un adage prétend qu'ils ont les cloches de Ker-Is dans la tête. C'est un carillon ravissant : il ensorcelle qui l'écoute.

– C'est pourquoi vous êtes allé prendre femme dans leur pays, conclut, avec un clignement d'yeux, le brave père Lozac'h.

L'image d'Adèle, brusquement évoquée, m'emplit d'un vertige délicieux. Je m'allongeai à demi, la nuque appuyée au bordage, et ne parlai plus. D'ordinaire, quand je rentrais d'exil, j'avais au début de la traversée, un besoin puéril de donner de la voix, de gesticuler, d'entonner même de vagues airs qui ne me revenaient qu'alors, de me prouver enfin que je m'appartenais et de faire retentir les échos du chant de ma liberté reconquise. Cette fois, ce fut tout l'opposé.

Bercé au mouvement à peine perceptible du bateau, dont la haute voilure, rougie au tan, promenait sur la mer une ombre couleur de pourpre, je me laissai aller à une espèce de somnolence, de torpeur magique où je n'avais plus conscience de rien, sinon que la nature était en fête, que le char merveilleux de quelque fée, souveraine des vents, m'emportait vers Adèle et que j'étais heureux.

J'écoutais le clapotis siffloter je ne sais quel refrain de marche et je regardais, au-dessus de moi, palpiter magnifiquement les profondeurs azurées du ciel. Il en descendait une lumière pure et calme, comme solennisée par les approches du soir. Les eaux, l'espace, le profil singulièrement adouci de la terre déjà voisine, tout nageait dans un immense bain d'or. Jamais, je crois, la beauté des choses ne m'avait pénétré à ce point. Je me figurais voguer vers les rives d'un paradis terrestre, et que j'allais goûter près d'Adèle des ivresses inconnues dont l'idée, par avance, me faisait défaillir, des ivresses comparables à celles du premier homme, quand ses yeux éblouis s'arrêtèrent sur la première femme.

Un coup de coude du patron Lozac'h me tira de mon extase.

– Voyez donc si ce n'est pas elle qui vous guette de là-haut, dit-il, sans se douter qu'il répondait à ma pensée secrète, et comme s'il eût continué la conversation entamée au départ.

Je me frottai les paupières, du geste de quelqu'un qu'on réveille, et me soulevai pour regarder dans la direction que son doigt m'indiquait.

Nous avions, depuis un bon moment, doublé les roches de l'extrême Pointe et, sur notre gauche, commençait à se développer la monstrueuse muraille de schiste des falaises, labourée d'entailles, de balafres à vif où le suintement des eaux ferrugineuses ruisselait en larmes de sang. Çà et là, des combes s'ouvraient, pareilles à des créneaux tapissés de mousses, et leurs pentes gazonnées, en dévalant quasi jusqu'à la mer, faisaient à distance, l'effet de guirlandes vertes suspendues par places aux remparts de quelque fantastique cité de l'abîme. La tour désaffectée du phare, le mât de l'ancien sémaphore achevaient de compléter l'illusion : ils hérissaient, comme d'un profil de mystérieux monuments, la ligne sévère et nue de ce paysage presque géométrique. De silhouette humaine, en revanche, ni sur le faîte du promontoire, ni plus bas, dans les pâtis d'herbe rase, tout baignés des ardentes lueurs du couchant, je n'apercevais rien qui y ressemblât.

– Comment !... Cette forme assise, là, dans le creux de Beztré ?... insistait, non sans impatience, le patron Lozac'h.

Je finis par discerner une chose brunâtre, de contours indécis, qui pouvait passer aussi bien pour un tas de goémon séché.

– Oh ! c'est assurément une femme, opina le matelot. Même qu'elle a le buste penché en avant et les mains aux genoux.

– Je vous dis que c'est madame Adèle ! affirma Lozac'h.

Je ne demandais pas mieux que d'être persuadé. De tout l'hiver, Adèle n'était pas venue à ma rencontre, et je n'avais, du reste, pas eu à lui en vouloir, la saison ayant été d'une rigueur exceptionnelle. Mais aujourd'hui, par ce clair et vivifiant soleil... Évidemment oui, pensai-je, le charme du renouveau, sinon la hâte de me revoir, l'aura incitée à la promenade et, sortie de bonne heure, quoiqu'elle n'aime guère à se risquer toute seule dans les sentiers de gabelous, elle se sera aventurée au-devant de moi jusqu'à Beztré... Chère petite femme ! Mon cœur volait vers elle ; sur mes lèvres flottait un hymne d'allégresse, un *Lœtare*, une muette et religieuse action de grâces. Déjà, je me représentais cheminant à ses côtés, m'attardant avec elle dans la douceur alanguie de cet admirable soir, quand le mousse, qui n'avait pas encore exprimé son avis, insinua timidement :

– Sauf votre respect, patron, la coiffe de madame Adèle est blanche, et celle-ci porte, je crois bien, la jobeline noire des filles de l'Enès[6].

Je fus, Dieu me pardonne, sur le point de le souffleter. Il ne disait, d'ailleurs, que trop vrai. La forme assise s'étant redressée, nous vîmes distinctement sa cape d'Îlienne, dont les pans retombaient le long de son visage comme les ailes d'un corbeau blessé. Le père Lozac'h jura, en bougonnant, qu'il s'arracherait les yeux, la prochaine fois qu'ils lui joueraient pareil tour. Moi, je me rencognai contre le bordage. Les autres, eux, continuèrent d'épiloguer, à la façon des gens de mer qui, dans leur existence un peu vide, prennent prétexte du fait le plus insignifiant pour se livrer à des commentaires sans fin.

– Si la *Penn-Dû*[7] attend qu'on la vienne quérir de l'île, déclara le matelot, elle en a sûrement pour jusqu'à la nuit close. Il n'y a en vue, derrière nous, que les voiles des Audiernais qui rentrent.

– Aussi bien, fit le mousse, elle n'a pas l'air pressé. Regardez : elle a tiré son rosaire.

---

6. Nom breton de l'île de Sein.

7. « Tête noire » en breton. C'est ainsi que les Capistes, habitants de la pointe bretonne, surnomment les habitantes de l'île de Sein à cause de leur coiffe noire.

À ce mot de rosaire, le patron Lozac'h se frappa le front et, redevenu jovial :

– Parbleu ! s'écria-t-il, gageons que, ce coup-ci, c'est moi qui devine juste !... Le bateau qu'elle guette, cette Îlienne-là, c'est le nôtre... Et c'est après vous qu'elle en a, monsieur Dénès, poursuivit-il en me touchant l'épaule. Elle n'aura pas voulu manquer la commission dont on vous a chargé pour elle. Apprêtez-vous à embrasser Thumette Chevanton.

Cette grosse plaisanterie les fit tous rire aux éclats, et je feignis moi-même d'en être fort amusé. Mais l'idée que ce pouvait être, effectivement, la sournoise sauvagesse qui se tenait embusquée là-haut, sur le bord du seul sentier praticable qui, de Beztré, permît de gagner la Pointe, m'avait fait passer entre chair et peau un désagréable frisson. Je n'avais jamais eu – tant s'en faut – la moindre sympathie pour cette femme. Dès le début, j'avais naturellement épousé à son endroit toutes les préventions d'Adèle ; et, plus tard, forcé de lui témoigner quelques égards, depuis la nuit sinistre où elle avait surgi si à propos pour rompre l'attirance du gouffre, je m'étais mis à la détester encore davantage, à cause du service même qu'elle m'avait rendu et que j'étais honteux de lui devoir. Je rusais pour l'éviter. Toute rencontre avec elle me produisait une impression de malaise, presque de dégoût. Si elle m'adressait la parole, j'étais incapable de lui répondre sans rougir ; j'avais la langue épaisse, je balbutiais. Elle ne faisait pas mine de remarquer mon trouble, mais j'avais la certitude instinctive qu'il ne lui échappait pas et, peut-être, qu'elle s'en réjouissait. Ce dont j'enrageais le plus, c'est qu'à mon aversion très imparfaitement déguisée elle opposait – et en ces derniers temps surtout – une onctueuse douceur hypocrite, mêlée de je ne sais quelle insolente pitié. Dans les propos les plus simples, les plus banals, un bonjour, un bonsoir, une réflexion sur le temps, elle affectait d'enfermer une infinité de sous-entendus. Ces façons m'irritaient quelquefois à un tel point que – par un retour assez singulier – c'était ma femme à présent qui me calmait et qui plaidait pour l'Îlienne.

– Non, je t'assure, elle est moins mauvaise que tu le dis. Je suis beaucoup revenue sur son compte. Cet hiver, elle s'est quasiment apprivoisée... Quand il n'y a que Louarn et moi, elle entre volontiers, s'assied avec nous, prend part à la conversation. Même, les jours où je suis seule, elle ne me fuit plus comme par le passé. Souvent, après souper, elle apporte son tricot et, tandis que je brode, elle me raconte les histoires comme je les aime, des histoires de choses invraisemblables arrivées à des personnes de son île. On ne s'ennuie jamais avec elle... Bien mieux : chaque matin, c'est elle qui va me puiser mon eau à la citerne... Elle a des qualités, crois-moi... Ce n'est que quand tu es là qu'elle se renfonce dans sa sauvagerie, par discrétion, je pense, et aussi – elle me l'a confessé – parce qu'elle te craint, parce qu'elle ne peut s'empêcher de voir en toi le chef de son mari et que ta gravité silencieuse lui en impose.

Je m'inclinais devant le dire d'Adèle, que Louarn, dans nos entretiens du phare, me confirmait, mais je n'avais pas encore réussi à me débarrasser de mes préjugés hostiles contre la Chevanton. Elle demeurait pour moi l'« ennemie » ; et de songer que ce serait sa figure équivoque qui m'apparaîtrait la première au débarquer, alors surtout que j'avais tant rêvé d'une vision toute différente, cela me gâtait cette fin de voyage, jetait sur mon âme une ombre analogue à celle qui s'élargissait sur la mer, au pied des falaises que maintenant nous longions.

Au fait, qu'avait-elle à chercher sur cette côte, cette rôdeuse de funeste présage, cette « chouette de la mort », comme le brigadier des douanes l'avait surnommée, qui ne se montrait guère dans le voisinage des vagues que la nuit, et seulement sur le versant septentrional de la Pointe, vers les lagunes de Laoual et les sables de la Baie des Trépassés, là où les courants, charrieurs d'épaves, balayent, ainsi qu'en un gigantesque ossuaire, les reliefs des festins du Raz : squelettes d'hommes, tronçons de mâts, carcasses démantibulées de vaisseaux... Une peur soudaine me prit. Il me ressouvint de l'histoire du sou, à laquelle je ne pensais plus et je murmurai mentalement.

« Serait-ce qu'Adèle a quelque chose, et celle-ci m'attendrait-elle, de sa part, en messagère de malheur ?... Jésus-Dieu ! que va-t-elle m'annoncer ? »

À la stupéfaction de l'équipage, je m'élançai d'un bond sur l'avant du bateau, qui n'avait pas fini de se ranger à quai, et d'un autre bond, au risque de me casser les reins, je m'abattis sur les pierres du môle. Mes genoux, à l'heure où j'écris ces lignes, sont encore meurtris de cette chute. J'entendis derrière moi la voix du patron Lozac'h qui s'exclamait :

– Malédiction rouge !… S'il ne s'est pas tué !…

Sans même me retourner pour lui crier, comme d'habitude : « À la prochaine, patron ! », j'escaladais déjà, d'une allure désordonnée de fou, les marches, dépourvues de rampes, qui, du fond de la crique, permettent d'atteindre le rebord du plateau. J'avais des ailes aux talons, j'en avais aux bras, j'en avais à tout le corps. En atteignant l'orifice du puits, je faillis avoir un éblouissement. Par-delà le vaste pays nu, à l'extrémité des roches du Van, la mer était en feu et renvoyait, comme décuplée par une énorme lentille ardente, la dernière et splendide flambée du soleil à son déclin. J'en eus les yeux si blessés que je dus serrer les paupières et cheminer quelques instants à tâtons. Quand je les rouvris, l'Îlienne me barrait la route. Je bredouillai précipitamment :

– Qu'est-ce qu'il y a ?… Adèle ?… Un accident ?… Quoi ?… Parlez donc !

Elle répondit en son breton traînant, avec un mince sourire :

– Madame la cheffesse était aussi fraîche qu'une églantine de mai, cette après-midi, lorsque je suis sortie de la caserne.

Il me sembla que chacun de ses mots coulait en moi comme une rosée rafraîchissante, et à ce moment-là, oui, je crois que, pour le soulagement qu'elles venaient de me donner, j'aurais été capable de baiser ses lèvres.

Elle, cependant, avait repris :

– Vous plaît-il, monsieur Dénès, que nous fassions ensemble un bout de trajet ?

– Comment donc ! déclarai-je, tout ce que vous voudrez, madame Thumette.

Je buvais avidement l'air de la hauteur ; des arômes subtils de thym et de lavande me chatouillaient délicieusement les narines. Mes appréhensions étaient calmées ; plus rien ne me pressait maintenant : j'attendais sans impatience que l'Îlienne s'expliquât, tout disposé, d'ailleurs, à lui être agréable, si, comme j'en étais convaincu, elle avait quelque service à me demander. Nous cheminâmes assez longtemps en silence. On ne rencontre dans cette partie de la lande qu'un logis humain : la chaumière de Ty-Map-Fourmant. La vieille filandière qui l'habite était en train de donner à manger à son porc ; elle nous dit, en manière de salut :

– Un beau soir, n'est-ce pas, chrétiens ?

Nous répondîmes en chœur :

– Un beau soir, en vérité.

Un peu plus loin, sur la gauche, est la croix du Laz, ainsi nommée parce qu'elle fut érigée dans ces parages solitaires en souvenir d'un meurtre. L'usage veut qu'on n'y passe point sans ramasser dans la sente schisteuse un caillou que l'on jette ensuite au pied du socle. Il y en aurait tout un monceau sous lequel la croix elle-même ne tarderait pas à disparaître, si les eaux d'hiver, d'une année à l'autre, ne se chargeaient de déblayer le terrain. Thumette Chevanton, le rite accompli, marmonna une courte prière, se signa ; puis, ayant craché dans la paume de sa main droite, leva le bras vers le ciel, selon l'habitude bretonne quand on est pour faire un grand serment.

– Que toutes les pierres qui sont là me lapident, prononça-t-elle, s'il y a une seule parole de mensonge dans ce que je vais dire ici.

IX

30 avril.
Deux heures après minuit.

Comme j'achevais d'écrire ce qui précède, mon ingénieur, j'ai perçu tout à coup des bruits étranges, le galop d'une espèce de chevauchée aérienne dans les profondeurs tranquilles de l'espace. Et, presque aussitôt, une nuée de spectres ailés, pareils à des hippogriffes, est venue s'abattre avec fracas contre le vitrage de la lanterne. J'ai cru un moment que le verre, malgré son épaisseur, volait en éclats. Vite, j'ai jeté là ma plume et franchi la porte de la galerie.

Que des goélands attardés, que des troupes d'oiseaux migrateurs se heurtent de la sorte aux étages supérieurs du phare, rien n'est plus fréquent. Aux changements de saisons, en automne et au printemps surtout, c'est chose coutumière, sinon quotidienne. Que de fois, en procédant au nettoyage du matin, ne m'est-il pas arrivé d'avoir à éponger de larges éclaboussures de sang, des touffes de duvet, des débris de cervelles !... On recueille même des cadavres entiers, et je me souviens, par exemple, que le soir de Noël, il nous tomba du ciel deux oies sauvages qui nous firent un succulent réveillon.

Mais, tout à l'heure, cette trombe de fantômes, cet assaut si furieux que la lanterne en avait tremblé, ces démesurés battements d'ailes, ces cris enfin, ces croassements d'épouvante et de douleur, cette agonie tumultueuse et farouche, jamais encore, en mes sept années de phare, il ne m'avait été donné d'être témoin d'un semblable spectacle !

Et, lorsque je me trouvai dehors, mon saisissement ne fit que s'accroître. Un tourbillon de formes apocalyptiques, que notre flamme verte et rouge teignait fantastiquement de sa double lueur, menait au-dessus de ma tête une ronde infernale. À mes pieds, sur les dalles de la galerie, d'autres formes gisaient à demi râlantes, essayant de dresser leur cou, ramant des pattes, le bec désespérément ouvert, les yeux déjà stupéfiés par la mort. C'étaient, autant que j'en pus juger, des « fous » blancs, mais d'une taille monstrueuse et d'une variété inconnue à nos climats. Depuis des semaines, sans doute, ils étaient en voyage, fuyant les soleils du Sud, remontant vers les terres plus fraîches du Septentrion. Eux aussi, le terrible Raz leur aura été fatal.

J'ai lancé par-dessus la balustrade les morts et les blessés. Alors seulement, les valides qui planaient autour du phare ont cessé leur vacarme effroyable et leur sarabande de damnés. Je les ai vus, au nombre d'au moins deux cents, se réorganiser en phalange et reprendre leur vol. Un d'eux, en partant, m'a souffleté le visage du bout de son aile. Je me suis rappelé le soir de mon arrivée à la Pointe, cet autre « fou » sinistre qui nous frôla, et le brusque sentiment de détresse qui me fit presser Adèle sur ma poitrine, d'un geste éperdu…

De l'opération que je viens d'accomplir, il m'est resté du sang aux mains, et je m'aperçois que j'en ai taché cette page. Ne vous en offusquez pas, je vous prie, mon ingénieur : ce n'est que du sang d'oiseau.

*

Et voici donc quelles furent les paroles de l'Îlienne ; elle les eût gravées au couteau dans le vif de ma chair qu'elles ne me fussent point demeurées en traits plus aigus.

– Votre femme devant Dieu est la femme du gardien Louarn devant le diable, monsieur Dénès. Ce n'est pas, je pense, avec votre permission ; mais, il y a près d'un an que ce scandale dure : il n'est que temps que vous le sachiez, avant que la rumeur s'en répande. J'ai hésité jusqu'à ce jour à vous avertir. D'ailleurs, toutes les fois que je vous cherchais, vous vous détourniez de moi. En fin de compte, hier, j'ai consulté saint Konogan : j'ai posé une coque d'œuf sur l'eau de sa fontaine ; la coque a vogué droit à la statue du saint : c'était signe qu'il fallait, coûte que coûte, que je parle. Ma conscience sera désormais en repos : j'ai parlé.

Je m'étais croisé les bras, et je la regardais d'un œil hébété, sans comprendre. Ma femme, le diable, saint Konogan, la coque d'œuf, tout cela sautait, zigzaguait, s'enchevêtrait dans mon entendement, comme ces petits points lumineux qui vous dansent dans les prunelles, lorsqu'on passe du plein jour à une complète obscurité. Puis, brusquement, comme dans la déchirure tragique d'un coup de foudre, je vis clair.

– Ainsi, murmurai-je en baissant instinctivement la voix, comme si les mots qui allaient sortir de mes lèvres eussent été susceptibles, prononcés tout haut, d'anéantir le monde, ainsi, Thumette Chevanton, vous avez le front de prétendre qu'Adèle…

Elle ne me laissa point achever.

– Faites excuse, monsieur Dénès ; je ne prétends pas, j'affirme !

Et avec une expression de tristesse hypocrite :

– Hélas ! il ne dépend malheureusement pas de moi que ce qui est ne soit point. Croyez-vous que je serais ici, vous parlant comme je fais, si je n'étais pas sûre ? Oui, la cheffesse et Hervé Louarn pèchent ensemble. Et je ne dis que ce que j'ai vu, vu d'aussi près que je vous vois, car ils ne se donnent même plus la peine de se cacher ; ils veulent la chandelle allumée devant leur honte et ne s'inquiètent pas si les fenêtres ont des yeux.

Les miens devaient être hors de leurs orbites. Je sentais que si je laissais faire mes doigts crispés, ils se resserreraient d'eux-mêmes sur le cou de la mégère. Elle flaira le danger et recula jusqu'à la croix.

– Holà ! Goulven Dénès, ricana-t-elle, n'essayez pas de vous en prendre à moi, s'il vous plaît !... J'ai des poings, moi aussi, et qui pourraient bien valoir les vôtres.

Elle venait de se baisser pour cueillir au tas de pierres deux morceaux de quartz aux arêtes coupantes, tels que des silex préhistoriques, et se tenait campée dans une attitude de défi qui faisait saillir ses hanches robustes de « femme-homme », d'Îlienne de Sein formée, dès l'enfance, aux plus dures besognes viriles.

Mais déjà ma fureur s'était changée en dégoût. Je me contentai de cracher à terre en disant :

– Je sais de quoi vous êtes capable, et qu'il ne vous en coûte pas plus de salir les vivants que de profaner les cadavres... Voilà le cas que je fais de vos inventions !

Je lui tournai le dos et regagnai le sentier.

– À ton gré, bélier de Léon ! cria-t-elle, et que l'ombre de tes cornes marche devant toi !

Je m'arrêtai, cinglé par l'outrage, prêt de nouveau à quelque violente extrémité. Elle poursuivait :

– Mais, par exemple, n'allez pas vous figurer que cela se passera comme ça !... Vous êtes le chef, à la Pointe, mais il y a d'autres chefs à Quimper... Ce n'est pas pour rien peut-être que j'ai été deux ans à l'école des Sœurs de la Miséricorde, et si elles ne m'ont pas appris à broder, elles m'ont du moins appris à écrire... Ce que vous ne voulez point entendre, eh bien ! je vous certifie qu'avant trois jours l'ingénieur l'aura lu !

J'étais revenu sur mes pas, je marchais à elle… Ce mot « l'ingénieur » suffit à me clouer sur place. Une sueur froide me glaça les membres. Affolé, non plus de colère, mais de peur, ce fut d'une voix presque suppliante que je demandai :

– Vous haïssez donc bien ma femme, Thumette Chevanton ?… Pour que vous vous acharniez ainsi après son honneur, dites, que vous a-t-elle fait ?

Elle laissa tomber les pierres qu'elle tenait, rajusta sa coiffe noire dont les pans claquaient au souffle fraîchissant du crépuscule et, le buste raidi en avant, comme d'une bête de proie qui va fondre :

– Elle m'a fait… elle m'a fait que, lorsque son Louarn est là, il n'y a plus de vie possible à la caserne pour une chrétienne comme moi, qui a des enfants et qui se respecte… J'ai dévoré mes scrupules pendant dix mois, par pitié pour vous, oui ! par pitié pour vous, et avec l'espoir que vous vous apercevriez vous-même des saletés qui se font sous votre toit, que cela vous sauterait aux yeux à la fin !… Mais vous n'avez pas d'yeux, paraît-il, et vous ne voulez pas non plus avoir d'oreilles. Libre à vous, monsieur Dénès. Seulement, si vous n'agissez point, tant pis ! j'agirai, moi !

– On ne vous croira pas plus que je ne vous crois, répondis-je d'un ton que je m'efforçais de rendre calme. On vous connaît, Thumette Chevanton. Et vos affirmations, Dieu merci, ne sont pas des preuves.

Elle eut un rire saccadé :

– Des preuves ? Ha ! ha !… si vous croyez que c'est ça qui manque !… Je sais où les trouver, soyez tranquille !

– Fournissez-les.

– À vous de les chercher, monsieur le chef, puisque cependant ma parole ne vous suffit point. Il était de mon devoir de vous avertir. Je l'ai fait, pour soulager ma conscience et aussi par bonté compatissante. Vous m'en avez assez mal payée. Bonsoir, la nuit tombe et les pommes de terre du souper seront trop cuites.

– Madame Thumette, m'écriai-je, avant de vous en aller, un mot !… Vous avez tout calculé, tout pesé, n'est-ce pas, et qu'au bout de cette histoire, de quelque façon qu'elle tourne, il y aura du sang ?

Elle montra du geste les pierres amoncelées au pied du calvaire :

– Elles se seraient déjà levées contre moi, si j'avais menti.

– Si, par impossible, vous aviez dit vrai, ripostai-je, malheur à moi-même, mais deux fois malheur aux deux autres !

La main tendue vers le couchant où le phare de Sein commençait à briller d'une pâle lueur d'étoile, elle articula d'une voix nonchalante :

– Chez nous, là-bas, lorsqu'une femme est convaincue de lubricité, son mari l'emmène paisiblement, un soir, à la basse mer, dans les grèves rocheuses qui sont au nord de l'île, sous prétexte de goémonier. Là, il lui garrotte bras et jambes, lui attache une pierre au cou et lui conseille de réciter son *mea culpa.* Les propres parents de la femme font mine de découvrir le lendemain son cadavre. On célèbre au plus vite ses obsèques et elle en a pour jamais.

Brusquement, elle se reprit :

– Qu'est-ce que je vous dis là, par les saints anges !

Puis, d'un ton pénétré :

– En de pareilles infortunes, c'est à Dieu qu'il faut demander conseil… Bonsoir, monsieur Dénès, et à votre service !… Si vous m'en croyez, vous ne me suivrez pas de trop près vers la caserne. Sauf la vieille de Ty-Map-Fourmant, personne ne nous a vus ensemble… Inutile, n'est-ce pas ? de donner l'éveil.

*

Je restai les bras ballants, le dos appuyé contre un talus de pierres sèches, à la regarder s'éloigner dans la direction de la Pointe, sa dure silhouette noire découpée comme à l'emporte-pièce sur le fond encore lumineux du couchant. Et, à mesure qu'elle allait, au lieu de diminuer, il me semblait la voir grandir, grandir étrangement et prendre des proportions surhumaines, jusqu'à offusquer tout, le ciel et la mer, ainsi qu'une forme colossale, une gigantesque figure de ténèbres. On eût dit qu'elle traînait le crépuscule sur ses talons comme un voile immense, tissé d'ombre. Les dernières lueurs du jour qui frémissaient sur les vastes espaces gazonnés s'éteignaient derrière ses pas.

Machinalement, j'évoquai le souvenir d'une légende de cette terre du Cap que des pêcheurs de Feunteun-Od m'avaient contée. Il était question là-dedans de la peste qui, à une époque inconnue, avait désolé ces parages. Un navire sans mâts ni gréement d'aucune sorte, et dont la coque avait plutôt la structure d'un énorme cercueil, avait été aperçu un matin dans le Raz, louvoyant en face de la Baie des Trépassés. Nul simulacre de matelots à bord. Tout à coup, de cet extraordinaire caboteur, une fumée s'était exhalée, une fumée opaque et lourde comme celle que dégagent les feux de goémons. Puis, se rembrunissant, elle avait pris corps, s'était changée en un fantôme de femme, d'une stature démesurée, qui, sinistre en ses flottantes mousselines de deuil, avait gagné la côte. À toutes choses comme à tous êtres son approche fut mortelle. L'herbe se dessécha, les fontaines tarirent ; les bœufs au labour se couchaient en plein sillon et bavaient de terreur, le mufle à moitié enfoui dans la glèbe. Quant aux humains, ils périrent comme mouches : il ne demeura point assez de vivants pour enterrer les cadavres. On montre, dans le pays, des champs d'une fertilité proverbiale, qu'on ne fume jamais ; les blés y poussent sur des charniers qui suintent encore après des siècles.

La même hallucination d'épouvante que durent éprouver les Capistes, contemporains de la peste noire, hanta momentanément ma pensée, tandis que je regardais croître avec la distance, grâce à mon trouble et peut-être à l'indécision de l'heure, le spectre de la noire Îlienne en marche vers l'occident. Ne venait-elle point de passer dans ma vie en accomplissant une œuvre pareille de dévastation et de mort ? De combien de ruines n'avait-elle pas jonché mon cœur ? Et, toutefois, je n'en eus point le sentiment immédiat. Le coup avait été trop fort et trop inattendu, surtout pour une organisation lente à concevoir, comme a toujours été la mienne. J'étais dans un état de stupeur indicible.

C'était, au moral, quelque chose d'analogue à l'espèce de prostration qui vous saisit, dans les phares du large, les jours de gros ouragan. Il n'y a pas de mots pour exprimer cela. On est roulé, ballotté, noyé dans un effroyable chaos de bruit. Tout est bouleversé, confondu. Il semble que l'on ait sur la tête tout le poids tumultueux de la mer soulevée hors de ses abîmes et, sous soi, le ciel béant, les profondeurs infinies du vide. Les murailles du phare elles-mêmes semblent tout à coup devenues vivantes et hurlantes ; les pierres muettes poussent des appels rauques, de formidables beuglements. Des paquets d'eau s'abattent, des vitres crèvent. Tout vire, tout oscille, tout chancelle. On ne sait plus, dans ce délire des éléments, à quel univers on appartient. On est comme projeté dans de vertigineux espaces ; on n'a plus conscience de quoi que ce soit ; on est soûl de fracas et d'horreur ; on s'abandonne, ainsi qu'un atome ivre, à tout l'inconnu des forces déchaînées…

Combien de temps dura mon abasourdissement, je ne le saurais dire. Ce furent des sons grêles de cloches qui m'en tirèrent. L'angélus, ou peut-être quelque glas, tintait à Plogoff. D'un geste irréfléchi, j'ôtai mon béret de mer et j'allais ébaucher le signe de croix que l'Église, en ces occurrences, recommande à tout croyant, quand, aussi vite, ma main s'arrêta, suspendue. Et, au lieu de l'oraison prescrite, à laquelle jusqu'alors je n'avais manqué jamais, ce fut une parole blasphématoire qui me jaillit des lèvres, la première que j'eusse proférée de ma vie, mon ingénieur. Je sentis, à cela surtout, que je n'étais plus le même homme et que, pour m'avoir retourné de la sorte, il avait dû se passer, dans ma destinée, quelque chose de foudroyant, d'irréparable, de définitif. Mes regards paralysés retrouvèrent leurs facultés de perception : ils s'ouvrirent sur le désastre.

Mon âme entière était comme une terre veuve, comme un pays rasé. Oui, oui, la « peste noire » avait magnifiquement accompli son œuvre ; la trombe mauvaise n'avait rien laissé debout. Moissons dorées des chers souvenirs, sèves tenaces des longs espoirs, doux logis de paix, de tiédeur et d'amour, tout était fauché, broyé, anéanti. J'étais aussi désert qu'un cimetière où les tertres même des tombes ont été nivelés impitoyablement et qui s'est vu arracher jusqu'aux ossements de ses morts.

Je promenai les yeux sur l'immensité de la lande, et je me sentis seul, éperdument seul ; je les levai vers le ciel nocturne que, la veille encore, je vénérais comme le temple des élus, comme le tabernacle visible de Dieu, et j'eus la certitude qu'il était vide, affreusement vide, qu'il n'était qu'une face de mensonge, que derrière ses jeux décevants de lumière et d'ombre il n'y avait rien. Et, songeant aux prières innombrables que, depuis ma bégayante enfance, je n'avais cessé d'exhaler vers lui, soit pour l'implorer, soit pour lui rendre grâces, je me pris soudain à rire d'un rire convulsif, d'un rire sauvage, comme en ont les « innocents » et les fous.

Je vous dois ma confession complète, mon ingénieur. La croix du Laz, je vous l'ai dit, se dressait à quelques pas de moi, de l'autre côté du chemin. Comment ne m'eût-elle point rappelé celle de Pénerf, là-bas, sur la route de Plogoff ? C'était, à une année d'intervalle, dans le passé, la même nuit printanière et pure, un peu plus parfumée. Je revis ma femme sur les marches du socle, son air de sphinx méditatif, tandis qu'elle guettait soi-disant la montée de la lune, et le frémissement soudain qui la secoua, quand, le doigt sur les lèvres, elle me fit signe d'écouter, dans le silence, ce bruit de voiture qui venait… Oh ! la jolie scène, vraiment, et si délicatement jouée !… Jamais une épaisse Léonarde n'aurait trouvé cela. Quels artistes, ces Trégorrois ! Et quelle merveilleuse entente de son rôle chez l'homme à la casquette, s'excusant d'une voix si naturelle, avec une surprise si peu feinte : « Mille pardons ! madame Adèle, je ne vous avais pas reconnue ! » Non, mais elle te l'avait écrit, qu'elle t'attendrait là, misérable, si même, longtemps à l'avance, vous n'en étiez convenus ensemble de bouche à bouche, entre deux baisers ! Et pour que ce fût plus piquant, on m'avait convié à la fête, moi, le benêt ! Et le bon Dieu aussi avait accepté d'en être, paraît-il, absolvant toute cette infamie, inclinant vers elle sa fruste figure de pierre et la bénissant de ses bras étendus !…

– Alors, c'est ça ta justice !… C'est à ça que tu sers dans le monde !… m'écriai-je.

Pris de la fureur des antiques briseurs d'images, je m'élançai vers la croix et, ramassant une poignée de cailloux je les jetai à la face du Christ. Puis, je me mis à marcher, à marcher devant moi, au hasard. Ma tête était pleine d'une confuse rumeur de mer et résonnait intérieurement comme une grande conque. Deux ou trois fois, je crus ouïr des pas sur mes derrières et je me rappelle que je disais :

– C'est lui !… C'est le malheur !

Et je m'arrêtais, je pliais le cou, sans me retourner, avec ce regard de côté qu'ont les bœufs, au moment où va s'abattre la hache de l'équarrisseur. Mais il n'y avait autour de moi que du silence, le vaste et funéraire silence qui enveloppe cette région du Cap, aux rares nuits de calme où l'Océan lui-même se tait. Et chaque fois la terrible évidence se faisait en moi plus précise, plus implacable, plus absolue. Car il ne me restait plus l'ombre d'un doute désormais. Ce que je me refusais à comprendre tout à l'heure, quand l'Îlienne me l'attestait en son jargon hideux – mélange de sabbat et de catéchisme –, j'avais maintenant la révélation directe, infaillible, que cela était, que cela ne pouvait pas ne pas être, qu'il était dans l'ordre des choses nécessaires que cela fût. Je me reprochais seulement de ne m'en être point avisé plus tôt, d'être là comme une barque en panne qui tâte le vent et ne sait plus vers où gouverner.

Hé quoi ! je n'avais pas vécu un jour – non, pas un – sans redouter quelque embûche de la vie ; et l'abîme même où il était fatal que ma triste chance me fît choir, puisqu'il ne pouvait y en avoir pour moi de plus horrible, dire que c'était précisément le seul que je ne me fusse jamais représenté ! Parmi cette multitude de fantômes dont mon imagination, broyeuse de noir, excellait à peupler mes veilles et mes insomnies de Gorlébella, comment la menace de cette réalité, la plus immanquable, parce que la plus épouvantable de toutes, ne s'était-elle pas dressée devant mon esprit ?

Je m'étonnais de mon propre aveuglement, mon ingénieur ; et, comme jadis à Saint-Pol, lorsque le professeur livrait aux risées de la classe quelqu'une des âneries laborieuses dont j'étais coutumier, je me cognais du poing la tempe, je m'insultais avec une rage concentrée et farouche : « Tête de taupe !... Triple brute !... Triple idiot !... »

N'allez pas croire au moins que j'aie tergiversé, si peu que ce soit, devant le parti à prendre. La situation, à mes yeux, était simple et ne comportait qu'une issue. L'infidèle et son complice mourraient de ma main, et moi-même, la lugubre tâche accomplie, je me tuerais sur leurs corps. Une règle de trois, comme on dit !... Mais il restait à trouver les moyens les plus sûrs d'arriver à la solution, et c'est ici que je me labourais vainement la cervelle, sans rien découvrir qui ressemblât au plus misérable germe d'idée. J'avais le crâne comme stérilisé, avec toujours ce bruit de mer galopante, ce grand « hou ! » intérieur que j'essayais de calmer en marchant, et que la marche ne faisait qu'exaspérer.

Brusquement, le hasard me vint en aide.

À force d'arpenter la lande, j'avais atteint, sans m'en apercevoir, la ferme de Kérudavel qui forme, à la limite de ce désert, une sorte d'oasis, avant-garde des terres cultivées de Lezcoff.

Je la reconnus à la haute baie de son porche – un arc-de-triomphe du temps des Romains, au dire du percepteur de Pont-Croix. Je l'avais si souvent franchi ce porche, si souvent traversé l'aire dans laquelle il donnait accès, toute jonchée d'un fumier d'algues sèches et de bruyère flétrie ! Le char-à-bancs où, jadis, nous faisions avec Adèle nos escapades vers les villes, c'est à Kérudavel que j'avais coutume de le louer. Justement il était là, au beau milieu de la cour, le cul renversé, les brancards en l'air. Des bouffées de passé me montèrent aux narines ; je revis l'allégresse enfantine de nos départs, les roses jumelles que la fraîcheur du vent matinal faisait fleurir aux pommettes de ma compagne, les miroirs limpides de ses yeux où tout le paysage semblait courir, et cet enchantement qu'on eût dit qu'elle communiquait aux choses, rien qu'à les regarder. Je dus m'appuyer à l'un des monumentaux piliers de pierre, pour ne point défaillir.

Le chien, flairant un intrus, tira sur sa chaîne, aboya. Un homme sortit du bâtiment des étables :

– Qui est là ?

C'était la voix de Jonathan, le maître de Kérudavel. Ma première pensée fut pour m'esquiver. Mais l'homme déjà me jetait mon nom.

– Sur ma foi, c'est comme si c'était vous, monsieur Dénès !

Et tout aussi vite :

– Serait-ce qu'il vous faut la carriole et la bête pour le jour de demain ?

Cette question, si naturelle, du paysan capiste, après m'avoir embarrassé l'espace peut-être d'une seconde, me fut un trait de lumière, mon ingénieur. Partir !... Eh ! oui. Comment n'y avais-je pas songé ?... Du même coup, je vis le prétexte que j'alléguerais auprès d'Adèle. Et, par une impétueuse vertu de logique, tout le reste s'en déduisit. Le plan d'action que j'avais en vain poursuivi pendant plus d'une heure, c'était fait, je le tenais. Il venait instantanément de se construire dans ma pensée avec des lignes aussi nettes, un contour aussi arrêté que l'architecture des édifices de la ferme sur le bleu lacté de la nuit. J'en éprouvai une joie véhémente dont l'âpreté même n'était pas sans douceur. Et ce fut avec emportement que je répondis :

– Vous l'avez deviné, Jonathan ! c'est cela !... c'est bien cela !... J'ai besoin de vous pour me conduire à Quimper.

Je m'étais élancé vers lui et je lui serrais les deux mains dans les miennes, à les broyer.

– Vous en avez des étaux ! prononça-t-il, non sans surprise, en se dégageant.

Le fait est qu'à ce moment-là j'aurais tordu des barres de fer…

X

Même date.

Une aube brouillée, une mer baveuse. La fumée d'un transatlantique à l'horizon. Il y a donc des gens qui voyagent, qui vont vers un but, vers un désir, vers un rêve ?… Je me suis assoupi quelques instants. Çà, où en étais-je ?… Ah ! parfaitement !… La route de la caserne, sous les étoiles… Il n'y en avait, cette nuit-là, par myriades. Et toutes, même les plus lointaines, brillaient d'un éclat insolent, d'un éclat cruel. J'aurais souhaité de pouvoir les éteindre d'un coup et rendre le monde à l'obscurité primitive, aux ténèbres d'avant la vie. J'avais en moi une haine sans bornes et qui s'étendait à l'univers entier ; mais c'était maintenant une haine calme, froide, résolue.

Je poussai la grille. Au grincement qu'elle fit, Adèle accourut.

– Comme tu es tard, miséricorde !… Voilà près de deux heures que l'Îlienne m'a dit avoir vu le bateau accoster… Je tremblais qu'il ne te fût arrivé malheur.

J'eus le courage de lui passer le bras autour de la taille.

– Du malheur, ma chérie, j'ai bien peur qu'il n'y en ait un dans l'air.

– Hein ! fit-elle. Où cela ? Pourquoi ?

Elle avait frissonné de la tête aux pieds. Je murmurai :

– Oui, j'en ai le cœur tout malade… Je te conterai la chose en soupant.

Dans la cuisine, nos deux couverts attendaient de part et d'autre de la table, dont la nappe de toile cirée réfléchissait le rayonnement doux de la lampe. Un cadeau de Louarn, cette nappe de fabrication américaine où, sur le vernis jaunâtre, étaient grossièrement dessinées, en pointillé blanc, des scènes de la Passion du Christ. Le logis avait son aspect habituel, sa paisible propreté un peu nue. Je fus presque fâché de constater que tout y était à sa place et de trouver aux meubles leur figure, leur attitude, leur lustre même de tous les jours. Le lit, sous sa courtine d'angle, entre ses immobiles rideaux de cretonne à fleurs, avait conservé sa blancheur grave, son air invitant et mystérieux.

Adèle servit le potage au poisson, la *cautériade*, qui était une de nos nourritures accoutumées.

– As-tu appétit ?

– Je ne sais trop.

Je m'appliquai cependant à manger, pour avoir prétexte à garder les yeux plongés dans mon assiette. Je craignais, si je les levais sur ma femme, d'y laisser percer quelque étincelle des fureurs sans nom qui me consumaient. Le silence se prolongeait, scandé par le tic-tac indifférent de l'horloge. Ce fut Adèle qui le rompit.

– Il doit être bien malade, en effet, ton cœur… Sais-tu que tu ne m'as seulement pas embrassée ?

Je m'essuyai les lèvres, d'un geste rapide, et, quittant mon siège, j'allai m'agenouiller contre le sien, le visage enfoui dans son tablier. Depuis nos jeunes nuits de Bodic et de Lantouar, je ne m'étais guère permis avec elle de ces abandons. Elle m'avait trop dit qu'il n'y avait pas de milieu chez moi entre la gaucherie et la brutalité. Cette fois, par exception, elle ne me plaisanta pas sur cet accès de tendresse, ni ne s'y déroba. Je sentis se poser sur ma nuque sa paume satinée. Une tiédeur voluptueuse s'exhalait de son giron.

Je dus serrer les dents pour ne la point mordre à travers ses jupes : un désir de cannibalisme m'agitait ; j'aurais voulu avoir des crocs de bête pour les enfoncer dans sa chair et la déchiqueter fibre à fibre, lambeau par lambeau.

Je la devinais, de son côté, très inquiète, impatiente de sortir d'incertitude, quoique mes façons humbles et dolentes fussent déjà pour la rassurer à demi. Comme je ne me pressais point de m'expliquer, elle articula, de son ton le plus prenant :

– Allons, Goulven, épanche-toi. Confie-moi ta peine… Un ennui de service, je parie, dont tu auras démesurément grossi l'importance… Je te connais si bien et tu es si prompt à te faire des montagnes de tout, mon pauvre ami !…

Elle avait dans la voix toute la douceur chantante des carillons d'Is. C'était la même musique d'ensorcellement, le même timbre languissant et pur qui, dès la première rencontre, m'avait charmé, hormis qu'à cette heure, cela me semblait venir de plus loin que les temps et comme des berges d'une terre disparue. C'était le chant d'une Adèle morte, un chant confus et pâle flottant aux limbes du passé. L'émotion que j'en éprouvai fut si poignante, qu'impuissant à me contraindre davantage, je fondis en sanglots.

– Voyons, voyons, Goulven, sois un homme ! dit-elle, anxieuse et apitoyée.

Et ma conscience répéta, mais dure, impérieuse, ainsi qu'un écho d'airain :

– Sois un homme !

Je me reculai jusqu'à la pierre de l'âtre où je m'accroupis, les mains aux genoux, le front incliné vers le parquet.

– Tu vas me trouver plus déraisonnable que jamais, commençai-je. Mais promets-moi, je t'en supplie, de ne point me gronder.

– Tout ce que tu voudras, pourvu que je sache enfin…

J'exhalai un fort soupir.

– Voici. Tu te rappelles peut-être ce sou ancien, qu'au moment de notre mariage encore je portais au cou comme une médaille ?

– Ou mieux, comme une amulette… Une petite chose assez sale, d'ailleurs, toute rongée de vert-de-gris. Comme j'en avais quelque dégoût, tu la quittas pour l'amour de moi, quoiqu'elle te vînt de ta mère. Oui certes, je me rappelle ! Et je me rappelle aussi l'histoire que tu me contas à son sujet. On a de singulières idées en Léon !… Y croirais-tu toujours à cette histoire ?

– Qu'est-ce que tu veux ? Il y a des maladies de naissance dont on ne guérit jamais.

– Et alors, ce sou mirobolant ?…

– Ne te moque pas, Adèle. Il a parlé.

Je lui narrai tout d'un trait, et sans omettre un détail, l'aventure de la nuit du 2 mars, à Gorlébella. Lorsque j'en fus à lui dépeindre le cauchemar qui m'avait crucifié jusqu'à l'aube, et comment, au réveil, je m'étais presque pris à souhaiter le trépas de ma mère, elle eut un sursaut qui la pencha vers moi d'un mouvement rapide et passionné.

– C'est pourtant vrai, prononça-t-elle, que tu m'as constamment aimée d'un grand amour ! Il n'y a pas de femme plus fortunée que moi. Je le dis à qui veut l'entendre, Goulven !

Je fus sur le point de crier comme au toucher d'un fer rouge. Ce n'est qu'au bout d'un instant que je pus reprendre :

– Il ne faut pas m'en louer, Adèle. Si le culte que je t'ai voué s'en allait de moi, plus rien d'autre n'y subsisterait. Lui parti, ce serait pis que la mort : ce serait le néant… Mais tu es là, vivante et bien portante, Dieu merci !

– Dis hardiment, fit-elle, que jamais je ne me suis connu une santé aussi florissante. D'ailleurs, il n'y a qu'à me regarder…

Mes yeux, que je m'étais efforcé de tenir baissés, à ce moment m'échappèrent et la parcoururent malgré moi, depuis les fines attaches de ses pieds jusqu'à la cambrure de son buste où sa gorge un peu haute s'enflait d'un frémissement harmonieux de vague à mer montante… Ah ! les morganes fabuleuses des légendes de son damné pays, elle en avait bien en elle toutes les séductions, toutes les perversités et toutes les traîtrises ! Je poursuivis :

– C'est parce que j'ai été tout de suite tranquillisé en ce qui te concerne que des remords m'ont assailli sur un autre point… J'ai beaucoup à me reprocher envers ma mère, Adèle.

Elle repartit, légèrement gouailleuse :

– Pour ce qu'elle s'occupe de nous, ta mère !…

– Je ne me pardonnerais pas de la perdre sans l'avoir revue.

– Oh ! bien, si ce n'est que ça !… s'écria-t-elle, dans sa joie égoïste de se sentir complètement hors de cause.

Sa figure s'était illuminée. Mais, aussi vite, en comédienne habile, elle changea l'expression de ses traits et l'intonation de sa voix, pour reprendre :

– Ne crois pas que j'aie voulu dire une méchanceté, Goulven… Non… À ta mine abattue, à tes paroles, je m'étais imaginée… Ton sou de malheur, je n'ai qu'un regret : c'est de ne te l'avoir pas arraché, jadis, pour le jeter à la mer. Cela nous eût évité cette sotte émotion… Je suis persuadée que la vieille Dénès a des années encore à me bouder d'être devenue ta femme… Mais ce que j'en dis n'est pas pour t'empêcher de te rendre en Léon. Au contraire ; j'entends que tu fasses le voyage. Si même je ne savais que ma seule vue serait capable de donner raison à ton talisman diabolique, en occasionnant une maladie à ta mère, je t'aurais offert de t'accompagner… On n'est pas plus gentille, je pense ?

– Très gentille, en effet, mon Adèle, tu es toute gentille.

Elle s'était levée pour desservir la table ; et tout en allant et venant à travers la chambre, de son pas souple :

– Oui, oui, le mieux est que tu partes… Il n'y a que ce moyen de te mettre l'esprit en repos… Et puis, ça te fera du moins des vacances… Les miennes, l'an dernier, m'ont été si profitables !… Il est juste que tu aies ton tour.

Ses vacances ! De quel front sans vergogne elle en parlait, la coquine !… Je dus me pincer les lèvres pour ne lui point cracher à la face le nom du Louarn. Elle aussi, ses souvenirs de Tréguier l'avaient reportée vers son amant, car elle ajouta :

– Par exemple, au retour, attends-toi à ce que nous te plaisantions un peu avec Hervé.

– Oh ! répondis-je, je ne serai pas le dernier à rire avec vous, s'il se trouve par bonheur que le sou ait menti… Je t'ai dit la gageure qu'il m'a presque contraint de faire avec lui, ce loustic d'Hervé. Eh bien ! pour une noce de famille, c'en sera une ! Je veux qu'il crève d'indigestion, si c'est à moi de payer. Quant à toi, tu ne devineras jamais ce que je te réserve…

– Quoi donc ? fit-elle, sans se retourner, en achevant de ranger les assiettes dans le dressoir.

– Une chose que tu as toujours sollicitée en vain jusqu'à présent, la réalisation d'un de tes rêves les plus… les plus… Oui, enfin, tu verras : j'ai mon projet. Je ne te le confie pas d'avance ; avec ma guigne habituelle, ça suffirait pour le faire rater.

– Comme pour Kermorvan, dit-elle en riant clair. C'est bien, garde ton secret.

Elle n'avait pas la moindre curiosité de l'apprendre. Est-ce que tout ne lui était pas indifférent, qui pouvait lui venir de ma part ? Et la seule satisfaction qu'il dépendît encore de moi de lui procurer, n'était-ce pas précisément de la débarrasser au plus vite et pour le plus longtemps possible de ma personne ?

– Quand as-tu intention de partir ? interrogea-t-elle.

– C'est vrai, balbutiai-je d'un ton humble, je ne t'ai pas dit… Avant de voler vers toi, j'ai fait le grand détour, par Kérudavel… Je voulais m'informer si le char-à-bancs était libre… C'est même cela qui a été cause que je suis rentré si tard.

– Et alors ?

– Jonathan a justement, demain, vendredi, deux veaux à conduire aux bouchers de Pont-Croix et s'offre, les bêtes livrées, à me véhiculer jusqu'à Quimper. J'ai promis de lui rendre réponse dès ce soir, après que je t'aurais consultée.

– Comment ! Et tu es encore là, sans plus bouger que la pierre sur laquelle tu es assis !... Mais va, mon ami, dépêche-toi, si tu ne veux les trouver tous endormis comme des souches, à Kérudavel !... Moi, cependant, je te préparerai du linge et brosserai tes hardes propres, puis je t'attendrai dans nos draps, pour qu'après la fraîcheur du dehors tu aies au moins place chaude.

Elle avait ouvert la porte toute grande sur la nuit.

– Dieu ! que d'étoiles ! s'écria-t-elle.

Et, me montrant du doigt le fond du firmament :

– Quelle est donc celle qui brille là-bas d'une clarté si blanche, droit au-dessus de Gorlébella ?

– Vénus, je crois, répondis-je de l'air le plus innocent du monde, en franchissant le seuil de la maison.

*

Je tournai le pignon nord de la caserne et m'acheminai vers la grille ; mais je ne la passai point, me contentant de repousser le battant avec force, comme si je le refermais derrière moi ; puis, après avoir piétiné quelques instants sur le sol, pour simuler la cadence d'un pas qui s'éloigne, je me glissai, dans l'ombre du mur d'enceinte, jusqu'à l'autre extrémité du principal corps de logis, où donnaient les fenêtres de l'Îlienne. Ce manège de rôdeur nocturne qui, la veille encore, m'eût paru incompatible avec mon caractère, j'y goûtais à cette heure une espèce de jouissance farouche et d'âcre volupté. Les circonstances venaient de réveiller en moi le démon héréditaire, l'esprit de ruse de mes aïeux paternels, les durs « Paganiz » de l'Aber-Vrack, réputés naufrageurs subtils et grands dépisteurs de gabelous[8].

Les volets des Chevanton étaient clos ; mais, en y collant l'oreille, je perçus à l'intérieur une mélopée d'oraison. La sauvagesse vaquait à ses dévotions du soir auprès de sa canaille endormie. Je me traînai en rampant vers les marches du seuil et, par le « trou de chat » pratiqué dans le bas de la porte, j'appelai à voix sourde :

– Madame Thumette, s'il vous plaît !... Madame Thumette !

Le fredon cessa ; l'Îlienne m'avait entendu.

– C'est donc vous, monsieur Dénès ?

– C'est moi.

Elle tira doucement le verrou et m'introduisit dans la pièce. C'était la première fois que je pénétrais chez elle. Je demeurai tout suffoqué, d'abord, par l'odeur d'étable humaine qu'on y respirait, renforcée de je ne sais quel relent de saumure. Impossible, d'ailleurs, d'imaginer un capharnaüm plus étrange : aux solives, pendaient, pêle-mêle, des grappes d'oignons, des tourteaux de graisse,

8. Le pays Pagan est une bande côtière au nord du Finistère, au cœur du Léon. Ses habitants sont surnommés les *Paganiz*. L'Aber-Vrack est le plus long aber de cette côte.

des quartiers de porc, des chapelets de poissons séchés ; une paire de rames, toutes velues de mousse marine, était appuyée contre l'armoire ; un ancien coffre de matelot, privé de son couvercle, contenait une provision de pommes de terre. Les meubles sentaient la crasse, la moisissure, le délabrement. Du lit à deux étages où les enfants étaient couchés, des mèches de varech s'échappaient par les déchirures des paillasses. Je n'avais pas idée d'un pareil désordre, d'une pareille saleté ; il fallait vraiment qu'ils crevassent les yeux, pour que j'y fisse attention, en un tel moment. La Chevanton elle-même éprouva le besoin de s'en excuser :

– Avec une ribambellée de marmaille, vous savez, on n'arrive pas à tenir propre.

Comme je cherchais des yeux où m'asseoir, elle essuya le banc, près de la table, avec le revers de son tablier.

– Au surplus, reprit-elle, on dit chez nous, à l'île, que conscience nette vaut mieux que mobilier luisant.

L'allusion était directe.

– C'est aussi un proverbe léonard, répondis-je.

Et, brusquement :

– Je suis venu, en me cachant comme un voleur. Ma femme me croit sur le chemin de Kérudavel… Alors, si vous voulez bien, vous allez tout me dire, madame Thumette… tout.

– Ah ! fit-elle, en humectant ses doigts de salive pour moucher la chandelle de suif qui brûlait entre nous, sur la table, vous ne mettez donc plus en doute ma parole de chrétienne, maintenant ?

Ses pupilles brillaient dans sa face de noiraude, comme ces phosphorescences verdâtres qui s'allument, les nuits d'orage, dans la mer.

– Allez, de grâce ! suppliai-je ; le temps presse.

Durant une heure d'horloge, elle conta, mon ingénieur. J'avais souhaité de tout entendre, et pas un détail, en effet, ne me fut épargné. La sauvagesse me fit boire ma honte goutte à goutte, jusqu'au dernier filet de lie.

Du jour, déclarait-elle, où elle avait appris le remplacement de Hamon par un Trégorrois, un « pays de la cheffesse », elle avait flairé le mal, la trahison déjà consommée. En voyant paraître le nouveau gardien, elle en avait été sûre.

– Rappelez-vous ce soir-là, monsieur Goulven ! Vous étiez en extase, comme un enfant, devant le perroquet. Eux, cependant, leurs yeux se riaient d'amour par-dessus la table. C'était la volonté de Dieu que je fusse à les observer derrière les vitres.

Dès lors, elle les avait suivis, guettés, épiés pas à pas ; elle s'était attachée à eux comme leur ombre. Toujours présente et jamais visible, elle avait été de moitié, en quelque sorte, dans leurs tête-à-tête, recueillant leurs propos, comptant leurs baisers !

Dans le principe, ils avaient été prudents. Nulle part on ne les rencontrait ensemble, si ce n'est à la caserne, pour les repas ; encore faisaient-ils exprès de manger la fenêtre ouverte. Autrement, ils vivaient séparés. Louarn bricolait, taillait des bateaux pour les mioches ou fainéantait avec les douaniers de garde, sur la falaise, en jouant aux cartes et en fumant des pipes. La cheffesse, à son habitude, flânait, lisait, brodait... et, les après-midi de soleil, s'en allait comme par le passé, en promenade du côté de Saint-Theï.

– Oui, et elle agitait vers vous son mouchoir, n'est-ce pas, monsieur Goulven ? Et vous vous disiez apparemment : « Comme elle est fidèle au rendez-vous, ma petite femme chérie, et comme elle m'aime ! » Ha ! ha ! ce mouchoir-là, monsieur Goulven, ce n'était plus pour vous qu'on le secouait dans l'air... Je m'en étais vite aperçue, moi qui vous parle... Qu'est-ce que vous voulez ? C'est mon gagne-pain de fréquenter les grèves. Chiffonnière d'épaves, soit ! Il n'y a pas de sot métier, et celui-là vous fait la vue, je vous le garantis ! Ce n'est pas pour me glorifier, mais à quatre cents pas je distingue une couvée de mouettes dans un trou de roche. Je reconnais même les gens par nuit noire – vous m'en êtes témoin –, à plus forte raison au jour baissant, comme en ce soir de mai, veille de l'Ascension, où, pour la première fois, je les surpris en train de pécher... J'avais quitté la caserne plus tôt que d'ordinaire, afin d'atteindre, avant le crépuscule, les parages du Nord derrière le Van : c'était saison de forte marée, et je savais que la cueillette, là-bas, promettait d'être bonne. J'étais parvenue au sommet du promontoire et je longeais depuis quelque temps la crête, lorsque, au-dessous de moi, à mi-pente, je vis une forme d'homme, immobile, dont la casquette de toile grise me fut tout de suite un signalement. C'était Louarn. Les mains en visière, il regardait fixement dans la direction de Saint-Theï. J'eus une idée soudaine… Tiens !… Tiens !…

« Mais non, pensai-je, ils n'auraient tout de même pas ce front, la Trégorroise et son Trégorrois ! »

« Eh bien, si, monsieur Goulven ! Ils avaient osé cela, les sacrilèges, de choisir l'enclos d'un saint pour s'y livrer à leurs chienneries !…

« Après ça, convenez que, dans toute la région, ils n'eussent su dénicher un coin plus propice. Songez donc ! Une herbe fine, drue, veloutée comme un satin, à peine foulée une fois l'an, aux messes de pardon, par le pied des hommes, si sacrée pour les bêtes elles-mêmes que les oiseaux de mer, à ce qu'on dit, ne voudraient pas la souiller de leur fiente ; un mur de ronde assez élevé pour abriter des vents du large… et des longues-vues de Gorlébella ; partout l'entour la solitude vaste ; Jamais un passant. Un paradis terrestre, quoi !

« Oui, monsieur Goulven !… Et le soleil n'avait pas fini de disparaître dans les eaux de Sein que, du haut de la falaise, j'assistais, pétrifiée d'indignation et de scandale, à la conversation d'Ève avec le Serpent…

*

Je vous traduis de mon mieux le breton de l'Îlienne, mon ingénieur. Je pourrais aussi bien vous reproduire de mémoire son récit tout entier. Mais, à remuer cette tourbe, l'ancienne nausée me reviendrait. Qu'ajouter, d'ailleurs, que vous ne pressentiez ? Après l'adultère à ciel ouvert, ce fut l'adultère en chambre, chez Louarn, ce fut l'adultère à domicile, jusque dans mon propre lit !

– Dam ! Ça n'est pas tentant, l'hiver, de s'aimer dehors, surtout quand on a logis clair, feu de mottes, couette de plumes et draps blancs… Sans compter qu'elle aurait pris mal, la cheffesse, à braver la bourrasque de novembre ou la bise de janvier ! Bon pour une Chevanton d'être à courir les sentiers de grève par des temps pareils ! Ah ! elle s'en est donnée, du Louarn, votre moitié de ménage !… À la fin, les nuits même ne lui suffisaient plus… Ce n'est pas Adèle, c'est Ahès qu'elle se nomme, votre femme – Ahès la stérile, Ahès l'inassouvie !… Et s'il vous faut des chiffres, s'il vous faut des dates, tenez !

Ce disant, elle arrachait un almanach épinglé à la muraille et le jetait devant moi sur la table. Il était criblé par places de croix à l'encre. C'était son registre d'observations, son livre d'espionnage, patiemment rédigé jour à jour.

– Faites le total ! ricana-t-elle.

Je balbutiai :

– C'est bien… c'est très bien.

– Oh ! j'ai mieux à vous montrer, monsieur Goulven.

Elle tira de la poche de sa jupe une clef rouillée.

– Du temps de Hamon, c'est moi qui m'occupais de sa chambre, dans la tourelle, et il m'avait remis ce double passe que j'ai conservé… Ne me demandiez-vous pas des preuves, tantôt ? Vous allez être servi… Pensez-vous que votre femme soit couchée ?

– On peut voir.

– Ne bougez pas. Je vais sortir avec mon fanal, comme si je me rendais au *penzé*[9].

Son absence ne dura pas deux minutes.

– Elle dort, la tête au mur… Venez !

J'obéis, le cœur serré d'une indicible épouvante.

Il me semblait suivre une sorcière vers quelque monstrueux sabbat. Devant nous se dressait, mystérieuse et funèbre dans la nuit sans lune, la tour de l'ancien phare désaffecté.

9. En quête d'épaves (du breton *peñse*).

XI

Une procession de voiles vient d'émerger des profondeurs du septentrion. Ce sont les barques loguiviennes, à n'en pas douter. Elles s'avancent comme une troupe de cygnes noirs. Chaque printemps, elles émigrent de la sorte, des confins du Goëlo, emportant une tribu entière, hommes, femmes, et les enfants qui ne sont pas encore sevrés. Il ne reste au pays que les aïeules, pour garder les maisons vides et les lits défaits. Six mois durant, elles vieillissent là, solitaires, assises sur les seuils à filer de la laine pour les tricots, en attendant les expatriés.

Voilà des années que les Loguiviens ou, comme on dit ici, les Paimpolais, accomplissent périodiquement cet exode vers les eaux de Sein, riches en homards. Ils prennent à l'île leurs quartiers d'été, s'installent par familles chez l'habitant, qui les exploite le plus qu'il peut et les poignarderait volontiers d'une main, tandis qu'il accepte leur argent de l'autre. Les deux populations logent sous les mêmes toits, sans jamais se mêler ni se fondre. On cite un seul exemple de Paimpolais ayant épousé une Îlienne. La parenté de la jeune femme aussitôt la répudia. Son propre frère avait juré sa mort. Elle dut fuir avec son mari, gagner, sans espoir de retour, les rives du Goëlo, où elle ne tarda pas à dépérir de tristesse, de consomption, de nostalgie. Sa dernière parole fut pour supplier l'homme à qui elle s'était donnée de ramener son cadavre au cimetière de son bourg natal…

*

Du temps que j'étais au phare de Bodic, nous n'étions séparés de Loguivy que par l'estuaire du Trieux. Le plus souvent, lorsque nous avions à nous rendre à Paimpol, c'est là que le bac nous déposait. Les vieilles nous bonjouraient au passage et nous nous arrêtions presque toujours à causer avec elles. Nous avions même noué des relations. Parfois, on nous invitait, selon l'usage de ces contrées hospitalières, à prendre le café. Nous demandions des nouvelles des absents et si leurs lettres annonçaient une pêche fructueuse. On nous faisait des récits sur Sein. La plupart de ces bonnes femmes y avaient été, mais elles n'en parlaient pas moins comme d'une terre étrange, à demi fantastique, perdue dans l'immensité des espaces, par-delà des frontières du monde réel.

Elles la voyaient, à travers la brume de leurs souvenirs, sous l'aspect d'une région maudite. C'était, pour elles, l'île de la désolation, de l'épouvante et de la mort, comme aux époques anciennes, quand les druidesses des Gaules y sacrifiaient à des idoles de pierre sur des autels sanglants.

– Pensez donc ! Pas un arbre, pas une source d'eau vive, pas un chant d'oiseau bocager !… Les vaches, en guise d'herbe, y paissent du goémon. Et quels sauvages, que ces gens de là-bas ! Jadis, aucun prêtre ne voulait demeurer parmi eux. On leur donna pour recteur un matelot qui ne savait que ses patenôtres, avec mission de les christianiser à coups de garcette. Ils pratiquent une religion brutale, une religion fanatique et sans douceur. Ils furent longtemps avant de nous permettre l'accès de leur église : nous n'avions droit d'assister aux offices que du dehors, par l'entrebâillement des portes. Ce sont tous des pharisiens et des forbans… Puisse votre chance vous préserver d'être jamais envoyé dans ces parages, monsieur Dénès ! Qui voit Ouessant, voit son sang, mais qui voit le Raz n'a plus qu'à dire : Hélas !…

Ces propos des vénérables Loguiviennes nous faisaient sourire, Adèle et moi. Nous les traitions un peu comme des radotages, comme des contes… En combien de réflexions et de commentaires ne s'abîmeront-elles pas, les aïeules du Goëlo, quand les homardiers, retour de la campagne de pêche, répandront dans la petite bourgade marine le bruit de la sombre aventure arrivée à Gorlébella !

– Vous savez bien, Dénès le Léonard, qui fut gardien au phare de Bodic… Vous vous rappelez comme il aimait sa femme, la tant jolie artisane trégorroise, la fille unique au père Lézurec… Qui jamais aurait osé prévoir une telle fin à un ménage si heureux !

Et les vieilles, alors, de marmonner, les mains jointes :

– Un homme si tranquille, Jésus-Dieu ! Ce sont, bien sûr, les démons du Raz qui l'auront perdu…

*

Les démons du Raz ! Je crus, en vérité, sentir sur ma face leur souffle de mort, lorsque, l'Îlienne ayant ouvert avec précaution la poterne de la tour, je m'engouffrai derrière elle dans l'escalier, que les vacillements de son fanal peuplaient de grimaçantes figures d'ombre, comme si toutes les furies des ténèbres, accroupies de marche en marche, se fussent levées à son approche, pour lui faire honneur.

Nous montâmes jusqu'au deuxième étage, dans un silence sépulcral.

– Maintenant, commanda-t-elle, ne bougez plus. Vous allez entendre !…

Elle entra seule dans la chambre de Louarn, et braqua d'un geste brusque le rayon de sa lanterne sur un des angles de la pièce. Je perçus un froissement de plumes, un battement d'ailes. C'était l'ara qui se réveillait en sursaut. Ébloui par la lumière subite, il se dandina un instant sur son perchoir, roulant vers la Chevanton tantôt l'un, tantôt l'autre de ses yeux d'or démesurément agrandis. Celle-ci, toujours plongée dans l'obscurité, fit semblant d'appeler à voix basse :

– C'est moi, Hervé !

Le perroquet, aussitôt, eut un cri strident, suivi d'une avalanche de mots entrecoupés :

« *Hervé, cousked out ?* (Hervé, dors-tu ?)... *Adèle !... Délaik !... Delaik kèz.* (Ma petite Adèle ! mon Adèle chérie !) »

Incapable d'en écouter davantage, je m'élançai sur l'oiseau. L'Îlienne m'arrêta net.

– Pas de sottises, monsieur Dénès, à moins que vous ne teniez à tout compromettre et à vous faire arracher les prunelles par surcroît.

L'animal s'était, en effet, ramassé sur lui-même, le cou hérissé, le bec en avant, prêt à fondre.

– Et puis, quoi ! reprit-elle, ne cherchiez-vous pas un témoignage ! Vous n'en pouviez souhaiter aucun qui fût plus certain, s'il est vrai, comme on dit, que les bêtes ignorent le mensonge... D'ailleurs, patientez, monsieur Dénès : il y a mieux.

Elle lâcha mon bras, qu'elle avait saisi, posa le fanal sur la planchette de la cheminée et fit jouer le pêne d'une armoire d'attache scellée dans le mur.

– Ne vous déplaise, chef, reconnaissez-vous ceci ?

Elle déployait devant moi une espèce de longue blouse blanche, en surah des Indes, que j'avais achetée dans un bazar de Smyrne, l'année de nos épousailles. Adèle, en la recevant, avait déclaré : « Je veux que ce soit ma chemise de noces. » Le lendemain de la première nuit, elle l'avait lavée, repassée de ses propres mains et l'avait enfermée dans un tiroir secret, après m'avoir fait jurer de l'en revêtir sur son lit de mort, si elle me précédait dans la tombe. « Jusque-là, qu'elle dorme loin de tout regard, au fond de cette commode, avec le souvenir de ma virginité ! »

Et voici qu'on me l'exhibait tout à coup, profanée par l'adultère, fripée en de sales étreintes, devenue la parure sacrilège de l'impudicité ! Instinctivement, je me voilai du coude le visage ; j'étais blême de douleur et de honte, comme si, cet opprobre, c'était moi qui l'eusse commis, et que j'eusse moi-même livré les mystères de la vie conjugale en pâture à la curiosité publique. La Chevanton répétait, implacable, en secouant le tissu accusateur :

– Le reconnaissez-vous ?

Et, comme je demeurais planté devant elle, la gorge serrée, sans répondre :

– Il ne faut pas qu'il vous reste le plus léger doute, monsieur Dénès… Allons ! Voyez, touchez, sentez !…

Je l'écartai d'un mouvement si brutal qu'elle faillit choir à la renverse sur l'ara qui, ne comprenant rien à cette scène insolite, était descendu de ses barreaux et rôdait dans nos jambes en hurlant d'une voix exaspérée des :

– Paix, Cocotte ! Paix !

En quatre bonds j'eus dégringolé les marches de l'escalier de pierre. J'avais besoin de me purifier les poumons au grand air de la nuit : je volai d'une course, à travers les landiers, jusqu'aux roches de l'extrême Pointe, et là, couché sur le dos parmi le romarin, les bras en croix sous ma tête, avec, au-dessus de moi, le ruissellement infini de la Voie lactée, j'achevai de me préciser à moi-même, méthodiquement, mathématiquement en quelque sorte, tout le détail du plan de vengeance conçu à Kérudavel et dont j'avais, dans ma conversation avec ma femme, posé les premiers jalons. Jamais je ne m'étais senti la pensée aussi énergiquement lucide. Il semblait que la vie de mon cœur broyé se fut réfugiée dans mon cerveau et qu'elle en décuplât les puissances. J'étais presque confondu de voir avec quelle aisance, quelle solidité, tous les fils de ma combinaison se tramaient et se nouaient comme de soi.

Il m'en vint une espèce d'exaltation héroïque, l'orgueil de l'homme qui non seulement n'est plus le jouet des événements, mais, au contraire, les tient à sa merci.

En me relevant, j'aperçus par-delà les courants du Raz, tout pailletés d'un scintillement d'astres, l'œil vert de Gorlébella qui me regardait[10].

– Salut à toi, m'écriai-je dans un accès d'enthousiasme farouche, salut à toi, nocturne émeraude des mers du ponant, gardienne incorruptible du feu, image vivante de Vesta ! Tu sais si je t'ai consciencieusement servie.

Parmi les hommes attachés à ton culte, il n'en est pas un qui t'ait donné des gages plus forts de constance et de fidélité. Je ne crois pas que tu aies à me reprocher une seule défaillance. Deux années durant, et bien qu'en proie aux pires obsessions de l'amour, j'ai monté autour de toi une faction sacrée. Tu m'es témoin que jamais le sommeil ne m'a surpris

---

10. Le phare de Gorlébella, d'une portée de 18 miles, possède un feu à trois occultations groupées, successivement blanc, rouge et vert.

à mon poste. Tout mon honneur, je le mettais à ce que ta flamme brûlât haut et clair et qu'elle resplendît au loin, dans l'espace, multipliée par le rayonnement des prismes, comme la veilleuse des eaux immenses, comme la lampe de l'infini… Si j'ai bien mérité de toi, le moment est proche où tu vas pouvoir m'en récompenser. Te l'ai-je assez murmuré, le nom de cette Adèle à qui tu m'arrachais huit mois sur douze ! Te l'ai-je assez murmuré, dis-moi, le jour, en astiquant tes délicats rouages, la nuit, pieusement assis à mon banc de quart, ainsi qu'un cénobite dans sa stalle de chêne, devant le maître-autel ! Confidente de mes souvenirs passionnés et de mes larmes, tu as vu de quel cœur je l'idolâtrais. Tandis que j'entretenais ta pure lumière sur les eaux, c'était comme si j'eusse attisé en moi-même l'ardeur dévorante dont cette femme m'avait embrasé. Elle, cependant… Mais que t'importe ! Apprends seulement ceci : comme tu fus associée à mon amour, tu vas l'être à ma haine. L'œuvre de justice et de châtiment, c'est à toi que je la réserve. La Trégorroise au front romanesque a souvent exprimé le vœu de dormir, bercée par les grandes voix du Raz, à l'abri de tes murs inébranlables : elle y dormira !… Elle y dormira, côte à côte avec son complice, d'un sommeil plus profond que les abîmes qui t'environnent, et tu flamboieras au-dessus de leur couche, tel qu'un cierge d'hymen, le plus beau qui se puisse rêver à des noces humaines, fût-ce à des noces d'éternité !

L'œil vert clignota, comme en signe d'acquiescement, puis se voila d'une paupière d'ombre, enfin s'éteignit. Je n'attendis pas que l'œil rouge commençât de poindre, et, agitant une dernière fois mon bonnet de peau dans la direction du phare :

– À bientôt, vieille Gorlébella !... Mes compliments au Louarn, jusqu'à ce que je lui serve le festin promis !

Je regagnai la caserne en contournant le mur septentrional de l'enceinte, afin de rentrer par la grille de façade. Précaution, d'ailleurs, superflue. Adèle continuait de reposer, la tête au mur, l'épaule droite noyée sous une lourde cascade de cheveu.

M'allongerais-je auprès d'elle ? La prudence le voulait, et aussi je ne sais quelle impulsion malsaine contre laquelle se tendaient en vain toutes les énergies de ma haine et de mon dégoût.

Une irrésistible attirance m'appelait vers ce corps souillé qui fut Adèle et que je me demandais maintenant de quel nom nommer.

– La sentir, la frôler seulement... une fois encore, rien qu'une fois !...

Je me déshabillai avec une hâte fébrile et me glissai dans les draps. Mon contact, sans la réveiller tout à fait, la fit tressaillir. Elle se renversa de mon côté, écarta de la main des mèches errantes sur son visage et balbutia d'une voix de rêve :

– Comme tu as froid, mon ami !

J'avais, effectivement, les membres glacés. Elle, en revanche, sa chair dégageait une chaleur douce qui, peu à peu, m'envahissait, m'enveloppait, me pénétrait de ses frémissants effluves. Comme je ne bougeais, ni ne répondais, elle murmura encore quelques sons inintelligibles, et se rendormit.

Je demeurai appuyé sur le coude, à écouter son souffle tranquille, aussi ténu qu'un souffle d'enfant. Ses lèvres, qu'elle gardait toujours un peu béantes dans le sommeil, s'entrouvraient comme le fascinant calice noir de quelque fleur empoisonnée.

Elles exhalaient vers moi, avec le parfum de son haleine, toute la capiteuse odeur de sa jeunesse mûrissante et de sa pleine beauté… Comment la tentation ne me fût-elle pas venue d'aspirer sur ces lèvres, tant adorées naguère, le philtre, d'autant plus savoureux peut-être qu'il était plus corrompu, de nos inoubliables ivresses d'antan ?

– Eh ! oui, prends-la donc ! me criaient mes sens affolés, prends-la furieusement, bestialement, comme une proie de plaisir, comme une fille ! Assouvis sur elle ton exécration et qu'elle défaille sous ton étreinte jusqu'à mourir !

Mourir… Ce mot suffit à me rendre à moi-même. Je songeai à la mort qui planait, en effet, sur elle, sans qu'elle s'en doutât. Et je m'étonnai soudain, à la pensée qu'elle ne soupçonnait rien, qu'elle ne devinait rien, et qu'elle se tenait là, pelotonnée contre l'homme qui allait être son bourreau, endormie d'un sommeil si confiant, si calme ! Par une sorte de pudeur, je m'éloignai d'elle. Puis, me représentant à l'avance l'effroyable grimace de terreur et de désespoir qui défigurerait cette tête charmante, quand elle *saurait*, je ne pus me défendre de la plaindre et de déplorer très sincèrement, je vous assure, que les jeux inexplicables de la destinée eussent marqué pour une fin aussi barbare la gracieuse demoiselle des *Trois-Rois*, la jolie Adèle Lézurec.

Oh ! les grêles sonneries des moutiers, dans le soir !… Oh ! les fumées odorantes des cires, ondulant jusqu'à la voûte assombrie de la cathédrale, mêlées à des vapeurs d'encens !… Et vous, chemins, verts chemins de Saint-Yves, si propices à la prière et si indulgents à l'amour, où sont, hélas ! les serments échangés sous vos ramures, devant la paix religieuse des choses, dans la solennité du crépuscule qui tombait ?

Voici que, détaché du présent, mon esprit remontait la pente de ma vie ancienne, bercé au bruissement de feuilles sèches que faisaient dans ma mémoire les souvenirs du passé. Je crois même que j'étais sur le point de m'assoupir, lorsque des coups redoublés retentirent à la porte. Une voix rude grogna :

– Quand vous voudrez, monsieur Dénès ?…

– C'est bon, maître Jonathan ! Dans un quart d'heure, je suis votre homme.

Adèle aussi s'était redressée en sursaut.

– Qu'est-ce qu'il y a donc ? demanda-t-elle, en tournant vers moi de grands yeux vagues, encore ennuagés de sommeil.

– Il y a que je pars, rappelle-toi, ma chérie.

– C’est vrai… j’avais oublié… Tes hardes sont là, sur la chaise… Désires-tu que je me lève ?

– Ça, non. Je veux que tu te rendormes vite, au contraire.

Elle resta toutefois sur son séant, jusqu’à ce que je fusse entièrement vêtu. Quand je m’approchai pour prendre congé, elle m’enlaça le cou de ses bras nus et, sa bouche suspendue à la mienne, chuchota :

– Cherche un peu quel rêve je faisais, quand ce rustre de Jonathan a heurté ?

– Et si je ne trouve pas ?…

– Tant pis. Va-t’en, vilain !… Ce sera pour quand tu reviendras… *Kénavo* !

Et elle se laissa choir sur l’oreiller, toute rose dans la mer de ses cheveux sombres. Je n’attendis même pas d’être dehors pour essuyer du revers de la manche son immonde baiser.

XII

Deux heures de l'après-midi.

Les hirondelles ! Je viens de voir passer les hirondelles, mon ingénieur… Elles se sont perchées un instant autour de la lanterne, sur la barre d'appui, et se sont mises à me dévisager curieusement, intriguées sans doute de cette rencontre inopinée d'un homme en cage, à cent cinquante pieds au-dessus des eaux. Par crainte de les effaroucher, j'ai posé la plume et me suis tenu complètement coi. Je puis la reprendre, à présent qu'elles sont parties…

Qui eût dit que j'éprouverais jamais pareil soulagement à sentir s'espacer entre Adèle et moi des lieues et des lieues de pays ? Tout en feignant d'écouter le verbiage de mon conducteur, je n'étais occupé que de compter les poteaux télégraphiques, de les regarder avidement surgir des lointains, puis décroître, puis disparaître.

À Pont-Croix, je priai Jonathan de m'accompagner chez un homme d'affaires connu dans toute la région sous le sobriquet, à double entente, de « Saigneur du Cap ». J'exhibai à ce personnage un livret de caisse d'épargne, inscrit au nom de *Goulven-Pierre François Dénès, quartier-maître de timonerie.* Il en feuilleta les pages écornées, lut à voix haute :

– Six cent quarante-sept francs quatre-vingt-cinq centimes.

C'était le dernier débris qui subsistât de mes patientes économies de matelot.

– Très bien, poursuivit l'usurier, je suis prêt à vous remettre en échange un demi-billet de mille, contre procuration sur timbre.

Je me contentai de répondre :

– Faisons vite.

Et en route pour Quimper. Nous y arrivâmes sur les trois heures de relevée. À l'auberge du Chapeau-Rouge, où le maître de Kérudavel avait coutume de descendre, je m'informai de l'adresse d'un quincaillier.

On me donna un garçonnet pour me conduire.

Un vieux, à figure glabre de sacristain, me reçut dans une boutique basse, quasi souterraine, et qui semblait se prolonger à perte de vue comme une galerie de catacombes.

– Une serrure de sûreté ?… Comment donc !… Je suis dépositaire des deux meilleures marques… Vous faut-il la « Fichet » ou la « Bricard » ?

Il étala sur le comptoir des spécimens de l'un et de l'autre type. Je les essayai tous et, lorsque enfin mon choix se fut fixé :

– Alors, insinuai-je, vous me garantissez qu'une porte fermée avec ça… ?

Il eut un rire mince et strident de crécelle :

– … Est aussi fortement scellée qu'une pierre de tombe, oui, mon bonhomme.

Je payai sans marchander et m'enfuis précipitamment.

Toute la soirée, je marchai par la ville, au hasard. De temps en temps, je tâtais la poche intérieure de ma veste, pour m'assurer que la précieuse serrure ne s'en était point échappée.

Je passai et repassai ainsi dans les mêmes quartiers jusqu'à dix et douze fois. Toutes les rues semblaient faire exprès de me ramener vers la cathédrale. À la fin, harassé, je décidai d'aller m'asseoir sous le porche. Des mendiantes étaient là, qui jacassaient. Une d'elles, une naine à béquilles, vint à moi en implorant « un petit sou ». Je tirai de mon gousset une pièce blanche. La pauvresse refusait d'en croire ses yeux.

– Quel saint devrai-je invoquer pour vous ? me demanda-t-elle en breton, toute rayonnante.

– L'Ankou, ma fille, répondis-je, c'est le seul qui puisse quelque chose en ma faveur[11].

Elle eut quelque tentation de me rendre mon argent. Je l'entendis qui disait aux autres :

– Il a le parler d'un Léonard et pourtant il tient les propos d'un hérétique.

Une des loqueteuses opina :

– C'est peut-être un protestant !

11. L'Ankou, personnage de premier plan dans la mythologie bretonne, est la représentation de la mort. Tantôt vieil homme maigre, tantôt squelette, il tient une faux et le bruit de sa charrette grinçante dans la nuit est annonciateur de trépas.

On commençait à me regarder de travers dans le groupe. Je repris mes vagabondages de juif-errant. Sur le trottoir d'une rue déserte, bordée de hautes façades sévères où pas une devanture de magasin ne brillait, un homme qui courait me bouscula. C'était un allumeur de réverbères. Je songeai :

« À Gorlébella aussi, en ce moment, ils allument !... Savoir qui est de garde au feu... Chevanton ?... Louarn ? »

Louarn, Chevanton, Gorlébella, à me redire ces noms, il me sembla qu'ils sonnaient en moi comme les mots d'une autre langue, d'une langue jadis pratiquée, mais que j'aurais désapprise. Était-ce assez loin, tout cela, assez évanoui, assez perdu !... Et tout de même je m'étais mis à suivre le coureur, intéressé, en somme, par son manège qui était un peu celui de ma profession, amusé par cette menue flamme qu'il faisait jaillir de bec en bec... Brusquement, je m'arrêtai, comme cloué au sol. Juste en face de moi, de l'autre côté de la rue, un cadre de bois peint venait d'émerger de l'ombre ; il portait :

SERVICE DÉPARTEMENTAL DES PONTS
ET CHAUSSÉES
Bureaux de l'Ingénieur

Je crus lire le *Mamé, Thécel, Pharès*, de l'Écriture[12]. Toute mon âme timorée, mon âme domestiquée de

12. Contenu de l'inscription prédisant la chute de Babylone (Daniel, 5-25).

fonctionnaire, se réveilla. S'il allait se montrer, le « Grand Chef » ! S'il allait me reconnaître, m'interroger !

Or, à cet instant même, votre porte s'ouvrait, mon ingénieur. Quelqu'un sortit… c'était vous ! Comme il n'y avait encore d'éclairé que le trottoir où je me tenais, il était tout indiqué que vous le prissiez de préférence. Vous fûtes pour vous y acheminer. Déjà j'entendais votre exclamation :

– Tiens ! Goulven Dénès ! Que faites-vous là ? Qu'est-ce qui vous amène ? Quelle difficulté ?… Quelle requête ?… Contez-moi cela, mon ami.

Que la rencontre se fût en effet produite, et il est certain que dans mon trouble je vous confessais tout. Avec vous, je n'aurais pas eu le sang-froid nécessaire pour mentir. Et alors, c'est vraisemblablement en ces termes que j'aurais conclu :

« – Maintenant que je vous ai divulgué mes projets, je ne suis pas sans me rendre compte que je n'ai plus qu'à y renoncer. Si je ne le faisais de mon plein gré, vous avez, je le sais, mille moyens de m'y contraindre. Ce soin vous sera épargné, je vous en donne ma parole d'honneur. Je ne vous demanderai, en retour, que de m'aider à remplir cet engagement, en m'aidant à disparaître… Oh !… comprenez-moi bien… à disparaître sans bruit, sans scandale, administrativement, en quelque sorte !… Plus loin que Gorlébella, plus loin que l'île de Sein, presque à la limite des eaux françaises, il est, sur un récif solitaire, une tour à moitié inaccessible, dernière vedette du vieux monde au large des mers du couchant. Deux de mes confrères sont condamnés à s'immobiliser là, des saisons entières, comme Siméon le Stylite sur sa colonne, bien au-delà des horizons terrestres, hors de l'humanité, hors de la vie. Prisonniers de la mer et forçats du feu, le bagne, au prix de l'existence qui leur est faite, serait doux. Je me suis trouvé naguère en compagnie de l'un d'eux que l'on rapatriait. Ce n'était plus qu'un automate, aux yeux égarés de somnambule, à la démarche hésitante et infirme de cormoran blessé… Le vide qui environne ces gens dévaste aussi leur crâne, stupéfie leur cerveau. Que pourrait-il m'arriver de mieux, mon ingénieur ? Délivrez un de ces malheureux et donnez-moi sa place. Nommez-moi gardien de n'importe quelle catégorie au phare de l'Ar-Men. Vous vous serez ainsi débarrassé de moi sans ennuis. Car, si je sollicite d'être expédié là-bas, c'est pour y rester. Vous n'entendrez plus parler de Goulven Dénès autrement que par les rapports de service. Encore ne tarderont-ils pas à vous apprendre que j'aurai été frappé de congestion à mon banc de quart et que, par mesure sanitaire, force aura été de faire faire à mon cadavre le saut du balcon… N'est-ce pas une combinaison très simple, la plus propre à tout arranger ? »

Sans doute ! hormis qu'elle eût laissé vivre et s'aimer en paix et s'appartenir entièrement l'un à l'autre les deux coupables !… Tandis que je m'en serais allé, pourriture flottante, fournir une pitance d'un jour aux marsouins du Raz, eux, là-bas, dans leur Trégor !… Avouez que c'eût été d'une immoralité par trop révoltante, mon ingénieur. Je n'eus pas à commettre cette lâcheté suprême. La logique des choses veillait. Elle fit qu'au moment où vous vous engagiez sur la chaussée, quelqu'un de votre entourage vous héla. Vous aviez, paraît-il, oublié vos gants. Ce fut mon salut. J'avais retrouvé mes jambes : je m'esquivai…

*

Après, je ne sais plus très bien. Je me rappelle vaguement avoir dégringolé un raidillon, respiré des odeurs mouillées de campagne, longé des quais, franchi un pont, escaladé enfin un flanc de montagne boisée d'où l'on apercevait à peine, dans le bas-fond vaporeux, le clignotement indistinct des lumières de la ville. Une mousse drue faisait tapis au pied des hêtres ; je m'y étendis et, terrassé de fatigue, d'épuisement, d'hébétude physique et morale, je roulai dans le sommeil. Les cimes des arbres, balancées au vent de la nuit, m'enveloppaient comme d'une puissante rumeur de mer. Je rêvai, mon ingénieur, que, par je ne sais quelle opération magique, vous m'aviez obtenu la faveur de recommencer ma vie. J'étais couché dans mon hamac de gabier. Vogue la *Melpomène* !

Par les sabords entrouverts, des souffles entraient, des souffles d'Océan tiède, pâmé sous les ardentes constellations du ciel austral. Ils me caressaient le visage, ils me gonflaient la poitrine. Et c'était comme une ivresse lente, comme un narcotique d'oubli… Dans le hamac le plus rapproché du mien, un camarade achevait de lire une lettre au timbre de France. Il se pencha vers moi, murmura :

– Dis donc, *Pater-Noster*, voilà qu'on m'écrit qu'elle est morte.

– Qui ça ?

– Ma bonne amie, donc !… Adèle, la petite Adèle, la fille à l'ancien de la rue Colvestre.

Je vis alors seulement qu'il avait les traits de Louarn. Il pleurait. Je cherchai des mots d'apitoiement pour le plaindre. Mais tout aussi vite il essuya ses larmes.

– C'est l'heure de la relève, dit-il.

Le sifflet du maître d'équipage retentit…

Hélas ! non, c'était le sifflet du premier train d'aube débouchant en gare, mon ingénieur. Je retombais dans le cauchemar, c'est-à-dire dans la réalité.

Quand j'eus dégourdi mes membres, secoué la rosée qui engivrait mes vêtements et rassemblé quelques lambeaux d'idées éparses :

« Ça, me demandai-je, où et comment passer cette journée, ainsi que les douze ou treize autres qui la vont suivre ? »

En quittant la caserne, j'avais visé un double but très précis : d'abord, m'évader d'un logis où je n'étais plus chez moi et rompre avec la présence abhorrée d'une femme qui avait cessé d'être la mienne ; ensuite, gagner Quimper pour y faire l'emplette que vous savez, persuadé à tort ou à raison qu'elle m'offrirait des garanties plus certaines, si je me la procurais au chef-lieu… Quant au voyage en Léon, ce n'avait été, ce ne pouvait être, dans mon intention, qu'un pur prétexte… Revoir, avec mon âme ravagée, mon âme méchante d'aujourd'hui, le grave et religieux pays de mes innocences d'autrefois ? M'entendre appeler du haut de tous les clochers, des marches de tous les calvaires, par le spectre éploré de mes croyances mortes ? Croiser au détour de chaque chemin d'anciennes petites amies de catéchisme, devenues dans l'intervalle épouses chastes et mères fécondes ? Et surtout, oh ! surtout, apporter sous le vénérable toit familial des pensées de haine, m'asseoir à ce foyer si calme et si probe, l'esprit uniquement hanté par des images de vengeance, de massacre et de sang ? Allons donc ! Est-ce que cela était parmi les choses admissibles ! Est-ce que tout mon être n'aurait pas regimbé là contre ! Est-ce que j'y aurais pu songer seulement !

Ce fut pourtant ce qui advint, du moins en partie. Vous y fûtes pour beaucoup, mon ingénieur. Je fis, en effet, réflexion que je risquais trop gros jeu à vouloir séjourner dans une ville où vous aviez votre résidence. Rien qu'à me remémorer l'alerte de la veille, je me sentais blêmir de frayeur. Il fallait se terrer ailleurs, mais où ? mais de quel côté ?

Comme je m'interrogeais, anxieux, je vis au-dessous de moi, dans la vallée, les rails de la voie ferrée s'embraser des premiers feux du matin et se dévider en scintillant, pareils à deux câbles d'or. Des locomotives manœuvraient, crachaient des fumées blanches qui animaient l'espace d'un peuple de figures aériennes. Les plaques tournantes trépidaient avec d'énormes bruits de gongs. Ces spectacles de la vie civilisée, il y avait, me sembla-t-il, des siècles que j'en étais absent.

Je m'acheminai inconsciemment vers eux. Avant même que je me fusse rendu un compte exact de ce que je faisais, j'étais à la gare, stationnant près du guichet, parmi le groupe assez restreint des voyageurs en partance.

La distribution des billets commença.

Une vieille paysanne, en coiffe plate de Plounéour-Ménèz, me précédait. Elle dénoua le coin de son mouchoir de poche, y prit quelques menues pièces d'argent et dit à l'employé, d'une voix peureuse :

– *Landerné, mar plich*[13] !...

– Hein ? fit l'homme avec rudesse.

La vieille me regarda, une supplication dans les yeux. Je déposai un louis sur le comptoir de cuivre.

– Landerneau !... criai-je. Deux troisièmes !

On ne contrarie pas le hasard. La bonne femme qui, à son insu venait d'en être pour moi l'instrument, ne permit pas que je montasse dans un autre compartiment que le sien. Comme la naine du porche de Saint-Corentin, elle était toute confuse de ma libéralité et s'entêtait, avec une obstination de Bretonne, à vouloir me rembourser le prix de sa place.

– C'est que, sans vous offenser, vous n'avez pas l'air d'un riche, vous non plus.

Pour calmer ses scrupules, je lui sortis, du geste insouciant d'un matelot qui rentrerait de campagne, une poignée d'or et de billets de banque mêlés à du billon.

– Vous arrivez des Amériques, peut-être ? me demanda-t-elle ingénument.

---

13. « Landerneau, s'il vous plaît »

Elle avait un fils qui s'était embauché pour l'Argentine, sur la foi d'un prospectus d'émigration, et elle en était sans nouvelles, depuis quelque cinq ans, mais elle ne désespérait pas de le voir reparaître, un jour ou l'autre, vêtu comme un « gentilhomme », avec des coffres chargés de lingots.

Tout en me contant cette histoire, elle s'était mise à défaire un panier d'osier peint en noir, installé près d'elle sur la banquette. Elle en tira successivement du pain, du lard fumé, un peu de beurre dans une coupelle de buis, une *fouace*, enfin, un de ces lourds gâteaux de pâte grossière qui se débitent, par les rues de Quimper, les jours de marché.

– Vous accepterez du moins de partager ma nourriture, dit-elle, puisque vous en avez, comme moi, pour jusqu'à Landerneau ?

Ce n'était pas l'envie qui me manquait de goûter à ces provisions dont la frugalité même exhalait un je ne sais quoi d'honnête et d'appétissant. Il y avait près de vingt-quatre heures que je n'avais ni mangé, ni bu, et mon estomac d'homme robuste, accoutumé à l'air aiguisé du large, n'était pas sans crier énergiquement la faim. Mais le supplice que j'avais imaginé pour me venger des deux autres, je tenais à l'expérimenter d'abord sur ma propre personne : j'avais résolu d'éprouver par moi-même si cette torture du jeûne était bien ce que je souhaitais qu'elle fût, et aussi de vérifier, dans la mesure du possible, le temps qu'il fallait pour que son œuvre s'accomplît.

J'assurai donc la pauvre vieille que je m'étais abondamment lesté la panse avant de me mettre en route.

– Soit, fit-elle ; mais vous ne refuserez pas de prendre cette fouace. Cela s'emporte. Vous la croquerez, quand il vous plaira.

Elle avait commencé de l'introduire de force dans la poche de ma veste. Je la laissai faire, pour ne la point contrister.

Nous nous séparâmes à Landerneau, sur le parvis planté d'ormes, devant la gare. Elle avait les cils humides, la chère *mamm-goz*[14] et elle se répandait en paroles de bénédiction, à la manière des humbles aïeules de Bretagne. Attendri moi-même, je lui demandai :

– Allez-vous quelquefois dans le Nord, du côté des paroisses de la grève, et connaissez-vous Plounéventèr ?

– Plounéventèr ? Comment donc ! Il ne se passe point d'année que je ne fasse le pèlerinage de saint Derrien.

– Eh bien ! la prochaine fois, informez-vous de Naïc Dénès, des Dénès de Kerdannou ?

– Et qu'est-ce que je lui dirai ?

– Voilà… vous lui direz de ma part…

Mon cœur éclatait. Dans un élan d'émotion dont je ne fus pas maître, je saisis la vieille aux épaules et la pressai sur ma poitrine.

– Vous lui direz que vous êtes la dernière femme qui ait été embrassée par son fils, par son fils Goulven !…

Et je la plantai là, tout effarée.

14. Grand-mère, en breton.

XIII

Sept heures du soir.

C'est la dernière fois aussi que je viens de procéder à l'allumage du feu.

Elle finit assez mal, au dehors, cette journée après laquelle, durant tout un mois, j'ai tant soupiré. Les vents ont incliné vers le suroît. Une aile sombre, une aile d'une envergure immense et comme ouatée, par places, d'un duvet grisâtre, monte et plane sur la mer où frissonnent des teintes sinistres des glauques et des violets innomés. Sein toute noire, semble baigner dans une mare de sang refroidi. Une étoile, qui s'essayait à luire, a pris peur et s'est éclipsée. Seuls, les phares dardent leurs prunelles intermittentes ou fixes au milieu de cette grande ténèbre soudaine, annonciatrice de l'ouragan.

Ainsi que vous le trouverez porté à la feuille de service, ils sont tous visibles, ce soir. Depuis le pâle éclair de l'Ar-Men jusqu'à la crinière étincelante que secoue le Stiff, pas un ne manque à l'appel… Les eaux peuvent s'ébrouer, le grain peut fondre : les sentinelles atlantiques sont à leur poste !…

Allons ! achève de régler tes comptes avec la vie, dur moribond de Gorlébella !

*

Le Léon, je vous l'ai dit, n'est point une terre à légendes, mon ingénieur. On y est peu sensible au charme des beaux récits où s'enchante l'âme trégorroise. La superstition, en revanche, y pousse dans les esprits une racine tenace et les enserre des mille replis de ses sarments noueux. Le plus souvent elle y revêt un caractère funèbre. La constante préoccupation de la mort est sur cette race. Ses monuments les plus artistiques sont, avec ses églises, ses ossuaires. À Saint-Pol, nos professeurs ne se faisaient pas faute de nous conduire en promenade au cimetière de la ville et de nous détailler à plaisir les richesses d'ornement de son enceinte, qu'ils comparaient au Campo-Santo.

J'ai eu occasion, je crois, de mentionner dans ces pages la béguine qui m'enseigna mon catéchisme. De temps à autre, elle complétait le texte orthodoxe par des gloses de sa façon. Elle nous disait, par exemple :

– Lorsque l'âme, au moment du trépas, quitte le corps, elle a certaines formalités terrestres à remplir, avant de se présenter au tribunal de Dieu. Pour cela, elle se change soit en souris, soit en moucheron, soit en quelque animal encore plus subtil et plus fugace. Ainsi déguisée, elle va, trotte, vole. Tous les objets qui lui ont servi de son vivant, toutes les bêtes qu'elle a employées, tous les lieux qui évoquent pour elle un souvenir, ou joyeux, ou triste, il faut qu'elle les effleure, qu'elle les visite, qu'elle les parcoure, en un mot, qu'elle prenne congé d'eux.

Et la béguine concluait, en baissant mystérieusement la voix :

– Retenez-le, car ce n'est pas dans les livres… Cela s'appelle *la randonnée de l'âme défunte…*

*

La randonnée de l'âme défunte !… Voilà bien ce que fut cet étrange, ce fantomatique voyage au pays de mes origines et de mon printemps. Landerneau est le seuil du Léon, mon ingénieur. Je m'étais dit : « Je ne le franchirai pas ! »

J'avais même commencé de rebrousser chemin vers le Sud, avec l'intention de regagner la Cornouaille, par petites étapes. Mais, dès la montée de Penn-Créach, au troisième kilomètre, mes jarrets fléchirent. Je m'assis sur un tas de cailloux. Au soleil baissant, je n'avais pas bougé d'une semelle. J'étais sans courage. Des rouliers passèrent, qui allaient dans la direction de la ville : je reconnus, à leurs clochettes tintinnabulantes, les harnais des minoteries de l'Elorn, en aval de Plounéventèr. Un des hommes remarqua mes traits abattus, mon air d'extrême lassitude.

– Si vous venez par là-bas, il y a place pour vous sur les sacs vides ! me cria-t-il.

Il m'indiquait du bout de son fouet le bleu des collines léonnaises, déjà touchées, dans le lointain, par les premières ombres du soir.

Je répondis non, de la tête.

Mais, lorsque les lourds chariots eurent disparu dans la descente, un regret me poignit le cœur. Les voix des clochettes continuaient d'arriver jusqu'à moi. On eût dit qu'au lieu de s'éteindre, leur carillon en marche se faisait plus distinct et plus sonore. Peu à peu ce fut comme un ensorcellement, comme une hantise. Elles tintaient de toutes parts, maintenant, et leur musique était un langage qui signifiait :

– Lève-toi donc, et suis-nous !

Je me levai et je les suivis. Quatre heures plus tard, environ, je reprenais contact avec la terre que je m'étais juré de ne point revoir. J'espérais tressaillir de la seule allégresse qui me fût encore permise, en m'y retrouvant. Je m'aperçus, au contraire, que je n'avais plus rien de commun avec elle. Vainement je la parcourus en tous sens ; vainement, je rôdai par ses champs, ses landes, à la recherche de mon enfance, de mon adolescence, de ma jeunesse. Oh ! ce n'était pas que les choses eussent changé, ni non plus – ou à peine – les êtres. Mais, ceux-ci comme celles-là, qu'ils m'étaient donc devenus indifférents, étrangers !... Ce bourg ? Oui, j'aurais pu dessiner de mémoire la silhouette de chacune de ses maisons. Cette église ? Parfaitement : pendant des années, j'avais prié d'une lèvre fervente, agenouillé dans ce banc d'œuvres. Et cette fontaine, au bas de pré ?... Et cette fougeraie, au versant de ce coteau ?… Et le glissement silencieux de la rivière entre ces coudres et ces saules ?… Certes ! certes !… Et après ?… Est-ce que tout avait été, à proprement parler, de la vie, de la vie véritable, de la vie vécue ?… Ma vie ? Qu'avais-je à en chercher ici les traces ? N'était-elle pas née avec mon amour pour Adèle Lézurec, la Trégorroise ? Ne venait-elle pas d'être tarie jusqu'en ses sources les plus profondes par sa trahison ?…

Un instant je doutai si je pousserais jusqu'à Kerdannou.

Je m'y acheminai, néanmoins, le lundi soir, à nuit close. Je devrais plutôt dire que je m'y traînai, car ces trois jours et demi de macérations m'avaient exténué. J'avais pris un sentier de traverse qui aboutit derrière la ferme. J'évitais ainsi d'être signalé par le chien dont la niche était située près du porche de la cour, de l'autre côté des bâtiments. De plus, j'arrivais tout droit à *l'appotis-tôl*, à l'espèce de donjon carré qui flanque la plupart des métairies léonardes et forme dans la vaste cuisine un retrait, généralement réservé aux maîtres.

La fenêtre de notre appotis-tôl était éclairée.

J'eus assez de force pour me hisser sur les coudes, et, par l'entrebâillement des rideaux d'andrinople rouges, je regardai.

Assis à gauche de la table, le vieux Dénès penchait sur un missel aussi jaune que glèbe son dur profil osseux. Fidèle à la coutume de sa maison, il lisait à haute voix pour ses domestiques la vie en breton du saint du jour. L'ampleur monotone de son débit avait quelque chose d'impérieux et de sacerdotal tout ensemble. Par intervalles, sans s'interrompre, il glissait un œil inquisiteur vers le fond obscur de la pièce. Quelque tailleur de chanvre, probablement, qui avait enfreint la règle du silence ou quelque gardeuse de vaches qui s'était laissée vaincre par le sommeil…

En face de lui, les doigts joints, la figure pâle comme une cire, se tenait ma mère. Ma mère !… L'immense, l'infinie détresse que je comprimais en moi creva du coup. Des flots de larmes brûlantes ruisselèrent sur mon visage, et, doucement, doucement, je pris à gémir comme un petit enfant malade :

– C'est moi, *mamm* !… Je suis venu… Mais tu ne sais pas… Il ne faut pas que tu saches… Oh ! si tu savais !…

Elle, cependant, écoutait le chef de famille : « … En récompense de ses vertus, Dieu avait accordé à saint Ténénan le don des miracles… »

Brusquement, elle frissonna : ses paupières, jusque-là religieusement baissées, se soulevèrent… Le regard attire le regard, mon ingénieur. Avant que j'eusse eu le temps de me dérober, les nôtres s'étaient rencontrés, s'étaient vus… J'entends encore son cri :

– Là ! Là ! contre la vitre… ! Goulven ! mon fils Goulven !…

Comment je réussis à grimper dans les branches inextricables de l'un des antiques pommiers qui sont en bordure de l'aire, ne me le demandez pas : je serais impuissant à vous répondre. Toutes les lanternes de

Kerdannou étaient déjà dehors. Longtemps, leurs lueurs se promenèrent autour du corps de logis principal, autour des hangars, autour des granges. On fouilla les étables. Les bœufs, réveillés, mugirent. Deux ou trois fois, mes parents passèrent à portée de mon refuge ; le vieux grognait :

– Des imaginations de femme !… Tu n'as rien vu !

Elle, alors :

– Je l'ai vu comme je te vois, et si maigri, si hâve !

D'une voix épeurée, elle ajouta :

– Si ce n'est pas lui, c'est son intersigne !

Va, c'était l'un et l'autre, pauvre chère mamm ! Dans ce vivant, il n'y avait plus que de la mort.

La ferme une fois rentrée dans son immobilité et son silence, tout ce que je pus faire, fut de me laisser choir à bas de mon arbre. J'étais à bout. Je sentais comme de grands coups de faux qui me balafraient les entrailles. Dans ma tête vide, mes prunelles se dilataient jusqu'à faire éclater leurs orbites, et mes tempes, par contre, se serraient, se rétrécissaient… Je croyais respirer dans l'atmosphère nocturne des odeurs de pain cuit. Un fumet de soupe au lard me caressait les narines. J'essayais de tendre les mains vers des plats illusoires… C'était atroce. Heureusement que la vision de la vieille de Plounéour-Ménèz et de son panier à victuailles traversa mon délire.

La fouace ! Je me rappelai la fouace, dans la poche droite de ma veste.

J'étais sauvé. Ah ! de quelles dents j'y mordis !…

*

Le lendemain, un peu avant midi, j'étais attablé dans la grand-salle de l'hôtel de la Poste, à Landivisiau. Des maquignons à longues blouses, des Normands et des Béarnais, venus pour la foire de Mars qui allait s'ouvrir, attendaient l'heure du déjeuner en jouant aux cartes et en buvant des apéritifs. Moi, j'écrivais à ma femme :

Mon Adèle bien-aimée,

Je suis guéri de croire aux prophéties mensongères des sous qui brillent dans l'obscurité. J'ai trouvé tout le monde en joie à Kerdannou…

– Alors, c'est pour m'annoncer ton retour immédiat ? me diras-tu.

Si je n'avais à consulter que mon envie, je serais déjà sur la route qui mène au Raz. Je me languis de toi. Mais, c'est ma mère… On a tué le veau gras, comme pour l'Enfant prodigue, et elle prétend que je ne parte point jusqu'à ce que tout soit mangé. Quand je lui objecte que tu es là-bas, toute seule, elle me clôt la bouche, en répliquant :

– Ta femme ?… Elle est meilleure que tu ne dis ; ce n'est pas elle, sûrement, qui se fâchera, si tu donnes à ta mère une douzaine de jours en six ans !

Et je suis contraint d'avouer qu'elle a raison, en ce qui te concerne. N'as-tu pas été la première à me recommander de prendre des vacances, et de les prendre bonnes ?

Je vous obéis à toutes deux, et je reste. Ne compte pas sur moi avant mercredi en huit. Il se peut même – car il faut tout prévoir – qu'à cause de la difficulté des communications, je n'aie pas le temps de te joindre et que je sois obligé de m'embarquer sur le Ravitailleur à Audierne, au port d'attache. Si la chose arrive, c'est moi qui serai le plus désolé. Mais aussi, quelle compensation, quinze jours après !

Je t'entends qui te récries :

– Comment, quinze jours après ?…

Eh ! oui, mon aimée. N'ai-je pas perdu mon pari ? Et ce dîner, ce fameux dîner, ne faut-il pas que nous le fassions ? Et pour qu'il ait lieu, ne faut-il pas que nous soyons tous trois réunis ? Or, cette réunion, tu sais bien qu'elle n'est pas possible à la Pointe, puisque, de Louarn et de moi, si l'un est à terre, l'autre est nécessairement au phare. Alors ?… Alors, je te donne rendez-vous le 17 avril à Gorlébella !

Est-ce assez congrûment déduit ? On n'est guère poète en Léon, mais l'on y a le sens du calcul !… Tu ne te récries plus, n'est-ce pas ? Et tu le connais maintenant, ce projet dont je t'avais tant fait mystère, l'autre soir. Avais-je tort d'affirmer qu'il réaliserait un de tes rêves les plus chers ? Quant à la consigne, tant pis ! Je l'ai respectée assez longtemps pour avoir le droit de la violer une fois. Des circonstances comme celle-ci ne se représentent pas tous les jours. D'ailleurs, toutes les précautions seront prises. Et toutes les dispositions aussi, tu verras. Les gens de ma sorte, lorsqu'ils font une folie, la font complète. Je pare en imagination ta chambre. Devine laquelle ? La chambre de l'ingénieur, parbleu ! Et jamais elle n'aura été à pareille fête, je te promets.

Mais c'est à moi surtout qu'il tarde d'y être et de vous prouver, à Louarn et à toi, que, quand je perds, je sais payer. Celui qui n'a que ta pensée en tête,

Goulven Dénès.

Cette lettre écrite et jetée à la boîte de Landivisiau, pour qu'elle portât le timbre du bureau de mon canton, j'éprouvai un tel soulagement, un tel bien-être, que, durant mon retour vers les collines du Quimpérois et les abords moins riants du Cap, je repris presque goût à l'humanité.

Finie, la randonnée de l'âme défunte ! Je me sentais désormais un passant comme un autre, un passant que rien ne presse et qui muse aux distractions de la route, sûr de trouver bon gîte à l'étape, puisqu'il a le gousset garni. Le parcours était d'une trentaine de lieues : j'avais plus d'une semaine pour le faire et décidai de le faire à pied, tout uniment, non sans quelques crochets à droite, à gauche, histoire de varier les spectacles et de prolonger, comme on dit, le plaisir.

De vrai, ce fut bien un plaisir, quoique d'une essence un peu particulière. Je ne gravissais pas une côte d'où la vue pouvait librement s'étendre, sans me répéter, en regardant derrière moi les houles de pays disparaître et les flèches des clochers s'amincir en pointes d'aiguilles, sans me répéter, dis-je, avec une espèce de contentement sauvage :

« Enfonce-toi cela dans les yeux ! Goulven Dénès, car tu ne le reverras plus, mon brave, plus jamais ! »

Et cette certitude du « jamais plus » me devenait une âpre jouissance, par tout ce qu'elle me faisait découvrir, dans les choses, de grâces secrètes et de pénétrantes douceurs.

Joignez que c'était, selon l'expression bretonne, la « saison bénie », et qu'aucun début de printemps ne se montra plus propice. Chaque matin, le soleil semblait se lever avec moi et, toute la journée, je l'avais pour compagnon. J'en eus d'autres : des *pillawers*[15] en tournée, des ouvriers « sur le trimard », une colonie de sabotiers qui émigraient, la hache à l'épaule, vers les bois de Cheffontaines, au-delà de Quimper. Je leur emboîtais le pas, souvent même je rompais le pain avec eux, et, aux auberges de mi-voie, nous trinquions ensemble.

Le 1er avril, à l'heure de la mer étale, je sautais du quai d'Audierne sur le pont du *Ravitailleur*.

– Quelle chance ! s'écria le père Lozac'h qui veillait à l'arrimage, au moins, nous n'aurons pas à faire relâche dans votre sacré trou de Beztré !

Puis, m'ôtant des mains, pour le loger dans « la chambre », un panier de bouteilles que je venais de prendre chez le négociant :

– Du vin ! et du cacheté, encore ! Fichtre… il y a donc une noce en perspective au château de Gorlébella ?

– Comme vous dites, patron… Vous en entendrez parler, quelque jour.

---

15. Genre de chiffonniers.

XIV

Le grain !… Dix heures au chronomètre. La mer flagellée bondit et se cabre. Tout le Raz est blanc, d'une blancheur livide, comme un mouvant paysage de neige sous la lune. Une crinière d'eau a cinglé la vitre : la lanterne en a frémi jusque dans ses nervures d'acier… Aucun dégât, cependant. Le phare en a vu de plus terribles. Vous rappelez-vous mon rapport sur la tempête du 5 et du 6 décembre, mon ingénieur ? Votre chambre surtout avait souffert. Le vent, l'embrun y avaient fait irruption comme chez eux : ils avaient arraché les boiseries, fourragé le parquet, noyé les meubles, métamorphosé en une loque immonde le portrait de ce bon M. Fresnel… Un peu plus, la tour elle-même était envahie et sans l'aide que me prêta ce débrouillard de Louarn… Oui, enfin ! C'est alors que je vous fis observer que, votre appartement étant, par suite de son orientation ouest, la pièce la plus exposée, il y avait peut-être urgence à ce que l'on modifiât le mode des fermetures.

La semaine d'après, nous arrivait toute une équipe d'artisans, et, conformément à vos ordres :

1° On substituait à la fenêtre primitive un cadre de verre, d'une épaisseur de huit centimètres, assujetti à demeure dans un châssis de métal ;

2° La porte en cœur de chêne était remplacée par une porte en gaïac, blindée de tôle de cuivre, et, pour que nulle force humaine, ni surhumaine, ne la pût soulever de ses gonds, les pommelles destinées à les recevoir étaient entaillées dans la feuillure même des dormants.

Ah ! quand nous assistions, Louarn et moi, en spectateurs amusés, à ces travaux, nous étions également loin, l'un et l'autre, de nous douter, lui, qu'on préparait son châtiment, moi, qu'on me simplifiait la vengeance.

Comme cela fut simple, en effet !... et pas du tout dramatique, en somme.

Je me vois encore disant à Chevanton, lorsque, Louarn parti sur le *Ravitailleur*, nous restâmes seuls sur la roche :

– Là, Jérôme ! En haut, maintenant !... Nous avons à faire.

– Hein ?

– Oui, il y a d'abord une serrure neuve à mettre en place... Le dernier modèle à ce qu'il paraît.

– Il faut donc qu'elle invente toujours quelque chose, l'Administration ?

– Patience, camarade ! Il y aura un coup de vin après... Allez quérir les outils à la chambre de garde.

Tandis qu'il montait aux étages supérieurs, nonchalamment, marche à marche, avec son éternel balancement d'ours, je m'arrêtais, moi, sur votre palier, mon ingénieur, et j'introduisais la clef dans votre porte. Mes doigts, je l'avoue, tremblaient un peu. Au moment d'entrer, j'eus même un irrésistible mouvement de recul. Avec ma foi dans Adèle, j'avais perdu toutes mes superstitions, sauf une : celle de l'autorité. Je dus me faire violence pour franchir votre seuil. Cette chambre, pour moi, c'était, dans le phare, comme qui dirait le Saint des Saints. Mes deux hommes avaient défense expresse de s'y aventurer. Moi seul je cirais le parquet, époussetais les fauteuils, revernissais les boiseries. Vous ne l'aviez jamais occupée, à ma connaissance : votre esprit, néanmoins, l'habitait ; je le sentais là, invisible, mais toujours présent et redoutable…

– Allons ! murmurai-je, je n'ai pas le choix. Il n'y a qu'ici que la chose soit faisable.

Et je pénétrai dans la pièce, non sans avoir eu soin, comme d'habitude, de quitter mes chaussures. Il y régnait, malgré l'irréprochable propreté, cette odeur un peu fanée des logis rarement ouverts, qui fait penser au délaissement, à l'abandon, à la mort… Du temps que j'étais écolier, se voyait, sur la route de Plounéventèr à Saint-Pol, une maison demeurée déserte depuis certain crime – on ne savait plus au juste lequel – dont elle avait été jadis le théâtre. Mon père, dès que nous en approchions, accélérait vigoureusement le trot du cheval. Avec ses marches moussues, ses ais disjoints et ses carreaux crevés, elle vous donnait froid au cœur.

Je ne fus pas plutôt dans votre chambre que j'éprouvai la même impression de saisissement.

C'était l'heure trouble d'entre jour et nuit. La nouvelle fenêtre, ou – comme nous l'avions baptisée dans notre argot de mer – le hublot, ne versait qu'un reste de lumière lasse, et cette demi-obscurité, où planait un funèbre silence, drapait les formes rigides des objets comme d'un suaire couleur de cendre. Enfin, pour que rien ne manquât, il y avait le plafond de pierre, à cintre surbaissé, blanchi à la chaux – une véritable voûte de sépulcre, où ne faisaient plus défaut que les cadavres. Un frisson me parcourut, un de ces frissons involontaires qui font dire aux Léonards, toujours hantés par la préoccupation de l'Ankou :

– C'est le vent de sa faux qui passe !

J'eus la vision d'Adèle, accroupie là, dans l'ombre, la face convulsée, les bras tordus, ses grands cheveux, arrachés par mèches, serpentant comme un essaim de couleuvres noires sur le plancher… Chevanton redescendait. Nous nous attelâmes à la besogne. Balourd et paresseux, ivrogne, toutes les fois qu'il le peut sans débourser, il a, quand ça lui plaît, une prestigieuse habileté de main, ce Chevanton, et la promesse d'un coup de vin l'avait mis en humeur de bien faire.

– Est-ce tout ? demanda-t-il quand ce fut fini et qu'il eut lampé son verre.

– Non, il y a encore le hublot… Le Grand Chef a dit de voir s'il ne serait pas possible de le condamner, en cas de tempête… Ça ne doit pas être malin, je suppose.

– Un jeu de marmot !... Quelques trous, autant de vis, et ça y sera.

– Essayons de suite, voulez-vous ?... On videra la bouteille.

Je n'eus que la peine de lui tenir la lampe, tandis qu'il vrillait et clouait.

– Si ça ne musèle pas tous les vents du tonnerre de Dieu !... fit-il.

Et, quand j'eus éprouvé la solidité de l'ouvrage :

– Faut-il enlever ?...

– Inutile... Plus tard !... Nous avons bien le temps... Vous devez avoir soif, Jérôme ?

Au lieu d'une bouteille, nous en vidâmes deux. Je l'envoyai se coucher, à moitié gris, et je gagnai la lanterne. Le ciel n'avait pas un nuage ; la nuit, sur le Raz, était d'une limpidité merveilleuse. Au sommet de la Pointe, la tour découronnée de l'ancien phare, solitaire et provocante, au milieu du vaste pays nu, semblait me jeter un défi muet à travers l'espace. Sur les dix heures, une de ses lucarnes s'illumina.

Je songeai :

– Ils sont ensemble !...

À minuit, quand Chevanton monta pour le quart du matin, l'infâme clarté brûlait encore.

– Ha ! ha ! ricana mon remplaçant, les yeux émerillonnés et la langue pâteuse, Louarn aussi est de veille, à terre, m'est avis... C'est égal, j'aimerais mieux faire sa relève que la vôtre, sauf le respect que je vous dois, monsieur Dénès !

Je ne lançai point le goujat par-dessus bord, comme j'en eus, une seconde, la démangeaison. Feignant de croire à une plaisanterie anodine, je répondis avec flegme :

– Bah ! dans une quinzaine, c'est lui qui vous portera envie.

Mais sitôt retiré dans ma cellule, je fonçai sur les murs, l'écume aux lèvres, avec la rage aveugle d'une bête aux abois. C'est le phare tout entier que j'aurais souhaité de pouvoir réduire en poussière et disperser au vent de l'abîme…

Quand je me présentai, le lendemain devant Chevanton, j'avais la face toute meurtrie et tuméfiée : je lui contai que j'avais fait une chute dans l'escalier. Il en conclut naturellement que « je n'étais pas de taille à soutenir la boisson ».

*

Qu'ils furent longs, les jours qui suivirent – jours d'impatiences fébriles entrecoupées de mornes abattements ! Plus longues encore les nuits, où, soit éveillé, soit endormi, je suppliais en vain le murmure de la mer de couvrir le bruit de leurs baisers, et les ténèbres du firmament de me dérober leurs étreintes !… Ah ! il n'arriverait donc jamais ce 17 avril !…

Si ! il arriva !…

Comme j'étais de garde en haut, je le vis se lever, dans les au-delà de la Pointe, d'abord couleur de réséda pâle, puis, de lilas, puis, de rose vif. Un vrai ciel en fleur, pareil à quelque féerique jardin de Syrie, d'où le soleil jaillit, éclata, ainsi qu'un gigantesque fruit d'or. Des frémissements de brise coururent, venant de terre. L'étendue palpita. De tous les points de l'horizon, des voiles surgirent : barques de Molène et de l'Iroise, aussi prestes que des hirondelles de mer, sous leurs fines ailes brunes, croisées en forme de ciseaux ; gabarres de Sein, décorées à la proue d'une guirlande de lièges et de « casiers » ; chalutiers de Tréboul, d'Audierne, de Penmarc'h, avec leurs misaines d'un roux si ardent qu'on eût dit des flammes ; enfin, dans le sud, les thoniers de Groix, semblables à de grands insectes des eaux, leurs sveltes tangons de pêche harmonieusement recourbés en guise d'antennes…

Entre toutes ces voiles, mes yeux n'en cherchaient qu'une : celle du *Ravitailleur.*

Non que j'attendisse Adèle Lézurec par cette voie. En priant le père Lozac'h de prendre ma femme à son bord, à supposer que je n'eusse pas essuyé un refus, j'aurais engagé la responsabilité de ce brave homme, compromis peut-être sa situation : je n'avais pas voulu qu'un tel remords troublât mes derniers instants… D'ailleurs puisque je faisais tant que d'exaucer le vœu de la romanesque Trégorroise, c'était le moins que je suivisse le plus fidèlement possible le programme qu'elle-même, jadis, avait tracé : « Je m'embarquerais, le soir, sur un des bateaux qui vont à l'île… J'accosterais à la nuit tombante… Et ce serait une escapade, une aventure d'amour, comme dans les livres !… »

– Tâche que tout s'accomplisse selon le rite prescrit, avais-je instamment recommandé à Louarn, quinze jours auparavant, lors de son départ pour la « grande terre ».

Il m'avait répondu :

– Tu peux t'en fier à moi !… Au besoin, nous lui fréterons une chaloupe amirale, à ta princesse !…

Je ne le savais que trop, que je pouvais m'en rapporter à lui, et que son zèle, en la circonstance, égalerait pour le moins son ingéniosité !… Mais le moyen de me sentir pleinement rassuré, tant qu'il ne serait pas de retour, tant qu'il ne m'aurait pas dit, là, de bouche à oreille :

– C'est fait ! C'est entendu !… Elle vient.

Jamais encore – non, pas même au temps où je me mourais du désir d'Adèle – jamais je n'avais guetté d'une âme si fervente l'apparition du cotre administratif. Ses cordages n'étaient certainement pas plus tendus que mes nerfs, quand, après avoir doublé les récifs de la Pointe, il laissa porter grand largue sur Gorlébella… Je me précipitai pour aider Louarn à grimper sur la roche.

– Eh bien ?… fis-je, la gorge serrée, la voix rauque.

Il prit une mine déconfite :

– Pas de chance, mon cher !… C'est raté !

Il me sembla que l'îlot vacillait sous moi, que le phare, dans l'air, se balançait ainsi qu'un mât de navire. Je devais avoir les traits affreusement décomposés.

D'ignobles injures me montaient aux lèvres comme un vomissement. Elles allaient jaillir. Un éclat de rire de Louarn les contint.

– Tu es par trop naïf, dit-il. Tu ne vois donc pas que c'est une farce ?

Puis tout bas :

– Elle sera ici, au jusant du soir. Là, es-tu content ?

Vous ne le croirez sans doute pas, mon ingénieur, tellement c'est une chose étrange : cet homme que je haïssais d'une haine plus amère que la mort, ce fut avec une effusion d'ardente gratitude que je lui étreignis les deux mains ! Si même je n'avais craint la moquerie des gens du *Ravitailleur*, il est probable que je l'aurais embrassé…

– Ah çà ! dites donc, quand vous aurez fini vos mamours !… criait déjà le vieux Lozac'h, de sa voix semi-joviale, semi-bourrue.

– Diable, oui ! murmura Louarn, lâche vite !… Ils seraient capables de décamper avec le fricot !

Et il ajouta confidentiellement :

– C'est qu'il y en a, tu sais, de la ripaille !… Et de la fine !… Rien que des morceaux de choix !… Et tu verras si c'est cuisiné !…

À une heure du matin, nous étions encore de planton, la payse et moi devant le fourneau.

– Mais aussi, la récompense est proche, insinuai-je, les yeux levés, au loin, vers la tour de l'ancien phare, où la lucarne du deuxième étage était restée éclairée la plus grande partie de la nuit.

Agenouillé, cependant, sur la plate-forme, il ramenait les colis un à un. Au fur et à mesure que le mousse les lui passait, il s'amusait à en énumérer le contenu, de façon toutefois à n'être compris que de moi seul.

– Ça, c'est les poulets… Ça, c'est le gigot… Ça, c'est l'andouille. Hop ! le pain de Savoie !… Ne pèse pas dessus : c'est fragile…

Quelqu'un, derrière moi dit :

– Bonne quinzaine, chef !

Je me retournai. C'était Chevanton, qui, son baluchon sur l'épaule, enjambait le bordage du cotre. Presque aussitôt, le patron debout à la barre, commanda :

– Largue tout !

Je m'empressai de démarrer l'aussière. Le *Ravitailleur* vira sur lui-même, s'ébroua dans le claquement sonore des toiles qu'on hissait.

– Allons ! À la prochaine, les amis !

– À la prochaine, père Lozac'h ! Et je corrigeai mentalement :

« C'est-à-dire à jamais !… »

Je demeurai le regard fixé sur le sillage du bateau, jusqu'à ce que le plus lointain remous s'en fût effacé. Quand cette mince traînée d'eau miroitante cessa d'être visible, j'eus l'impression qu'en moi aussi venait de s'éteindre toute lueur d'âme, tout frisson de sensibilité. Ma suprême attache avec la terre des hommes se trouvait rompue. Beztré, Feunteun-Od, adieu les petites criques sauvages taillées au flanc des promontoires de pierre comme par des pioches de géants ! Le gardien Dénès ne reprendrait dorénavant le chemin des vagues que pour atterrir aux ports d'outre-monde… Je m'étais assis au seuil du phare.

– Là ! fit Louarn qui n'était occupé que des paquets, j'ai tout rangé dans la cambuse. Il n'y aura plus qu'à disposer le couvert, ce tantôt… Est-ce que tu as déjeuné, toi ?

– Non. Mais ça ne me dit pas, de manger.

– C'est comme moi. Je me réserve.

Il s'accroupit à mes côtés, à même la roche, parmi les varechs rampants dont on entendait, par intervalles craquer les capsules d'ambre. Le soleil allait sur midi ; la mer avait encore près de quatre heures à monter : elle s'enflait doucement, s'étirai ainsi qu'une bête paresseuse sous la caresse de la lumière. Mon compagnon roula une cigarette, y mit le feu. Et, après avoir humé quelques bouffées :

– Fait-il assez bon !… Un temps exprès !… Sens-tu ? On dirait que le Raz embaume comme une prairie à la saison des foins. Ç'aurait été trop dommage, vraiment, si elle n'était pas venue.

– La fête eût été manquée, répondis-je.

Il poursuivit :

– Eh ! mon cher, il ne s'en est tout de même pas fallu de tant que ça, et tu me dois un fameux cierge, sais-tu ?… Elle n'était pas du tout décidée à venir, ton Adèle. Elle rechignait, prétendait que ce n'était pas une chose à faire, qu'elle regrettait de t'avoir demandé cela autrefois, qu'elle serait peut-être cause que tu perdrais ta place… Des tas de mauvaises raisons, quoi ! mais dont elle ne voulait pas démordre, la mâtine !

Je croyais avoir tué mon cœur, n'est-ce pas ? Eh bien ! jamais je n'en souffris plus cruellement qu'à cette minute. Ainsi, la criminelle passion d'Adèle Lézurec pour ce misérable allait jusqu'à l'apostasie de ses anciens rêves ! Il ne lui suffisait pas de m'avoir retranché de sa vie : elle me refusait le droit de me souvenir, elle ne voulait plus de moi, pas même dans son passé !… Toutes mes plaies se rouvrirent à vif. Un nid de vipères furieuses se tordaient et sifflaient en moi. L'autre ne fut pas sans remarquer ma pâleur soudaine, mais il se méprit sur le motif :

– Ça te redonne la fièvre, hein ! rien que l'idée qu'elle aurait pu te faire faux bond ? Un mois et demi sans Adèle !… Tu en serais mort, dis ?… Heureusement que j'étais là, mon vieux, et que je sais où toucher, à l'endroit sensible, les femmes de mon pays… Avec les Trégorroises, vois-tu, il n'y a que l'amour-propre… L'autre soir, donc, comme l'Îlienne était venue, après souper, pour veiller avec nous, je lance à brûle-pourpoint :

« – Dites donc, madame Thumette, imaginez-vous que la cheffesse a la frousse de traverser le Raz !

« Malheur de Dieu ! Si tu l'avais vue sauter en l'air, la fille au père Lézurec !

« – Peur de la mer, moi !… Vous ne m'avez donc jamais regardée en face, mon garçon ?

« – Alors, pourquoi tant de prétextes, tant d'excuses ?

« – Il vous plaît de l'entendre ainsi ? C'est bien ! Je serai à votre rendez-vous, je vous le jure, même que vous m'y verrez arriver debout sur l'avant de la barque et chantant. »

« La partie était gagnée… Avoue que tu n'aurais pas trouvé ça, toi !

De son discours, je n'avais retenu qu'un point.

– En effet, répondis-je, tu as fait là un beau coup !… Quel besoin avais-tu de mettre la Chevanton de moitié dans notre secret ?

Il éclata de rire :

– La Chevanton !… Quelle bêtise !… Qu'avais-je à craindre d'elle ?

– Qu'elle nous dénonce, parbleu !

– Comme tu la connais mal !… Ah çà ! il n'y aura donc pas moyen de te faire revenir sur son compte, têtu de Léonard que tu es. Nous te l'avons cependant assez rabâché, Adèle et moi : sous les dehors d'une louve, c'est un agneau de bénédiction, mon cher, c'est un ange que cette Chevanton !… Elle, nous nuire ? Ha ! ha !… Mais elle ne parle de toi que les mains jointes, comme si tu étais le Saint Sacrement, et, lorsqu'elle est devant ta femme, on dirait Bernadette de Lourdes devant l'Immaculée Conception !… Quant à ce qui est de ton serviteur ce n'est pas pour me vanter, oh ! non mais il ne tiendrait pourtant qu'à moi, si l'envie m'en prenait jamais, de savoir la couleur de sa chemise, à la Thumette !…

Il arracha une poignée de goémons et la jeta dans le courant, au pied de la roche. Je le dévisageais, perplexe. S'était-il exprimé sérieusement ou par jeu ? À tout hasard je marmonnai :

– Quelle est encore cette mystification ?

– Il n'y a pas de mystification là-dedans. Il y a, ne t'en déplaise, que Thumette Chevanton m'aime, mais là, ce qui s'appelle aimer, aimer d'amour.

Je haussai les épaules et brutalement :

– Ce n'est pas vrai ! Thumette Chevanton est tout ce que l'on voudra : elle n'est pas une malhonnête femme.

Il eut un nouvel accès de rire.

– Après tout, je peux te conter ça, dit-il. Ces choses-là ne tirent pas à conséquence et les histoires font passer le temps… Je t'épargne les commencements qui remontent à mon arrivée. N'importe où j'allais, j'étais sûr de rencontrer la Thumette. Il n'y eut que chez toi où elle fut assez long avant d'oser venir. Puis, ce pas même, elle le franchit. Oh ! elle gardait toujours son air fanatisé de Sœur noire. Seulement, je ne pouvais pas lui adresser la parole, sans qu'elle avançât la bouche, comme pour recevoir l'hostie. Moi, tu comprends, je faisais celui qui ne s'aperçoit de rien. Ça aurait pu durer des éternités… Attends un peu. L'autre mois – ou peut-être le mois précédent, je ne sais plus très bien – un dimanche, en tout cas, je rentrais de Plogoff, sur le tard. La route était déserte. Tout à coup, quelqu'un tousse dans l'ombre du talus. Je m'approche…

« – Vous, madame Thumette ? Qu'est-ce que vous faites là ?

« – Je vous guette, Hervé Louarn.

« – Ah !… Quelle est cette nouveauté ? Qu'est-ce qu'il y a donc ?

« – Ce n'est pas une nouveauté… Il y a que, depuis des jours, des semaines, des mois, je suis malade de cœur et d'esprit à cause de vous…

« Et de débiter, de débiter… Et des larmes, mon cher ! Et des sanglots !… Moi, je pense : « Elle est soûle. » Je lui dis :

« – Venez-vous-en, Thumette, c'est votre lit qu'il vous faut.

« Je lui eusse fourré le feu aux jupes, qu'elle ne se fût pas sauvée plus vite. Je dors là-dessus, persuadé que c'est fini. Bon ! voilà qu'hier ça recommence – dans la cour de la caserne, cette fois. Je savonnais mon tricot dans l'auge. J'entends qu'on s'avance à pas furtifs, puis qu'on s'arrête. Je fais exprès de ne pas me retourner.

« – Monsieur Louarn, pour l'amour de Dieu, regardez-moi !… Est-ce que j'ai encore l'air d'avoir bu, dites ?

« Elle avait plutôt la mine d'un chien battu, la pauvre ! J'essaie de la congédier en douceur. Mais elle, tenace comme une pieuvre :

« – Par votre salut en ce monde et dans l'autre, ne me repoussez pas, Hervé Louarn !… J'ai à vous parler, très sérieusement, je vous assure.

« – Allez-y, pendant que vous y êtes !

« – À vous parler seule à seul, sans personne qui nous épie.

« – Impossible. Je n'ai pas le temps. Je pars demain.

« – C'est justement... il n'y aura pas un chrétien dans la dune de Laoual, cette nuit... Les gabelous seront dans le Nord... Je me suis informée... Eh bien ! là, au point d'atterrissement du câble de l'île, le couvre-feu sonnant, voulez-vous ?... Ne dites pas non ! De grâce ! ne dites pas non. »

Il dut s'interrompre : le rire l'étouffait. Je riais aussi, mais du bout des lèvres... Une sueur de mort me perlait aux tempes. Je ne respirais plus.

– Qu'est-ce que tu aurais fait à ma place ? demanda-t-il, lorsque son hilarité se fut un peu calmée.

– Tu aurais envoyé cette possédée se faire exorciser par le vicaire, n'est-ce pas ?... Moi, pour me débarrasser d'elle, j'ai accepté son rendez-vous.

– Et alors ?...

Il se renversa sur le dos, toujours pouffant.

– Tiens ! cette blague !... Je n'y suis pas allé.

Il me sembla qu'il m'ôtait la roche de Gorlébella de dessus la poitrine. Je ne pus résister à la tentation de lui objecter sournoisement :

– Eh ! tu as peut-être eu tort de faire le dégoûté.

Il sursauta, froissé au vif dans sa fatuité de « joli cœur ».

– Les restes à Chevanton !... Merci !... J'ai mieux que ça !

Le mot n'était pas lâché qu'il eût souhaité de pouvoir le reprendre. Une rougeur légère avait empourpré son teint mat, sa peau bronzée d'ancien « colonial », et ce fut d'un ton presque gêné qu'il ajouta :

– Il ne faut pourtant pas t'imaginer, parce que tu as une femme adorable, que nous autres nous dînons de ratatouille, mon cher.

XV

Je me suis levé pour calfeutrer avec ma veste le bas de la porte qui donne sur l'escalier. Oh ! ce n'est pas à cause du vent… D'abord, sa violence s'apaise ; et puis, il y a si longtemps que nous nous connaissons, que nous vivons ensemble, lui et moi ! Que de fois ne m'est-il pas arrivé de causer avec lui, comme avec un être qui aurait une âme et presque un visage !… Ce n'est pas lui qui serait capable de m'incommoder. Au contraire. N'était la lampe, j'ouvrirais le vitrage à deux battants pour laisser entrer les grandes haleines impétueuses et salubres du dehors. Au moins, je n'aurais plus autour de moi, je ne respirerais pas jusque dans mes vêtements cette odeur… comment dirai-je ?… cette odeur étrange, indéfinissable, qui, d'heure en heure, se fait plus envahissante et plus nauséabonde.

Au premier moment, j'ai cru que cela provenait peut-être de l'appareil, que c'était la mèche qui brûlait mal ou la qualité de l'huile qui laissait à désirer.

Ce n'est que lorsque j'ai été pour descendre aux cuves d'approvisionnement que j'ai compris… La puanteur emplissait les entrailles du phare, et c'est d'en bas, c'est des étages inférieurs que les émanations montaient – les mêmes, identiquement, qui s'exhalent des champs capistes, en automne, quand les détritus de sardines et de sprats avec lesquels on les engraisse ont commencé de pourrir.

J'ai tâché, mais en vain, de leur clore hermétiquement toute issue : elles n'en continuent pas moins d'arriver jusqu'à moi. Elles flottent dans l'atmosphère épaissie de la lanterne, et elles m'imprègnent moi-même tout entier… J'ai la bouche mauvaise et le cœur fade. Je songe au parfum de jeune sève qui se dégageait d'elle, du temps qu'*elle* était vivante. Qu'est-ce donc, déjà, qu'il avait de si particulier, de si unique ? J'essaie de me rappeler, je ne peux pas… Et, avec l'odeur de son parfum, voici, me semble-t-il, que l'image de sa forme même m'échappe. Il y a sur elle comme une obscurité qui, sans me la dérober tout à fait, ne me permet plus de rien distinguer nettement. Les yeux brillent encore dans le visage, mais de cet éclat indécis et pâle qu'ont les prunelles décolorées des gens sur les vieux portraits.

Et dire qu'il y a seulement quinze jours !…

*

Nous venions d'allumer le feu, quand parut sur la mer encore claire, la barque qui la portait. C'était la *Notre-Dame de Bon-Voyage*, une bisquine de pêche appartenant aux frères Guichaoua, du hameau de Pendreff, en Lezcoff. Des amis à Louarn, ces

Guichaoua, sa compagnie de prédilection, lorsqu'il était de congé à terre. Du reste marins consommés et d'une discrétion à toute épreuve. Il se fût difficilement adressé mieux.

– Sans compter, mon cher, que le nom du bateau est, à lui seul, un sauf-conduit, m'avait-il fait observer du ton de gouaillerie sceptique qui, même en matière de religion, lui était habituel.

Vue dans le lointain crépusculaire, sa grand-voile tendue au souffle fraîchissant du soir, la bisquine avait un air de planer entre ciel et eau, immobile, pareille à quelque « rock » fabuleux, à quelque gigantesque oiseau de légende. Elle avançait, cependant, mais d'une allure calme et comme recueillie.

Nous avions, Louarn et moi, repris nos places au pied du phare dont les yeux d'escarboucle et de rubis semblaient aussi passionnément intéressés que les nôtres par la venue silencieuse de cette barque surnaturelle dans la nuit... Et, plus haut que le phare les astres eux-mêmes regardaient... On eût dit que l'attente angoissée qui me tenait les nerfs en suspens s'était communiquée à tout l'espace. Une caravane de cirrus fauves moutonnait, tapie au ras de l'horizon, dans la direction du couchant. La mer bruissait à peine. Il n'était pas jusqu'au Trégorrois qui ne se tût... Soudain, il me poussa le coude :

– Écoute ! murmura-t-il sourdement.

Je prêtai l'oreille.

Ce ne furent d'abord que des sons faibles, indistincts – une sorte de fredon très vague, très léger, très doux, à demi noyé encore dans la confuse rumeur des courants. Puis, à mesure que diminuait la distance, la mélodie se précisa, la voix s'affermit. Bientôt elle s'éleva, singulièrement captivante et pure. Louarn exultait.

– Ah ! fit-il, elle n'en aura pas eu le démenti… Elle a tout de même le cœur solidement accroché, la payse !

Et se tournant vers moi :

– Tu as raison, décidément… Il faut qu'il y ait en elle du sang des sirènes !… Elle est, pour sûr, la première femme qui traverse le Raz en chantant.

On n'entendait plus maintenant que cette voix, dont les modulations se jouaient au milieu du silence universel, élargies et comme infinisées par l'immense paix nocturne.

– Je reconnais l'air, reprit Louarn. C'est une « sône » de chez nous… Quelle donc ?

Il chercha un instant. Puis, avec un geste de triomphe :

– Eh ! suis-je bête !… Tout juste la sône d'Ahès, mon cher… la sône de la Morgane !

Il se mit lui-même à chantonner :

Me wêl o sével war ar mor[16]…

La *Notre-Dame de Bon-Voyage* n'était plus qu'à une demi-encablure de l'îlot. Brusquement, les vergues s'inclinèrent et la voilure s'abattit, tandis que les Guichaoua s'emparaient des rames, afin d'accoster à l'aviron. Alors,

16. « Je vois se lever sur la mer… »

nous vîmes la chanteuse. Elle était debout sur l'avant, le dos au mât. Sa silhouette faisait corps avec celle de la bisquine, semblait en être le couronnement, une de ces figures sculptées, une de ces mythologiques divinités marines qui se dressaient à la proue des anciens vaisseaux. Le reflet du secteur vert, en passant sur elle, l'enveloppa d'une lumineuse buée glauque. Elle me parut Ahès en personne, Ahès, la Messaline des ondes, tout à coup surgie des gouffres du Raz pour son éternelle besogne d'incantation, de luxure et de mort !

J'avais encore cette vision dans les yeux quand, une dizaine de minutes plus tard, elle aborda. Elle n'eut même pas à prendre terre. Je l'avais déjà saisie, enlacée, emportée avec la fougue vertigineuse d'une trombe dans votre chambre, mon ingénieur. Je la déposai toute pantelante sur le lit. Elle y demeura quelque temps sans force, la respiration coupée.

– Non ! s'écria-t-elle, dès qu'elle eut recouvré l'haleine, tu ne te corrigeras jamais de tes manières d'hercule léonard, en vérité !

– Mais c'était ton rêve, Adèle, d'entrer ainsi au phare, sur mes bras !... Et puis, qu'est-ce que tu veux, j'avais tant de hâte de te retrouver !... tant hâte !...

Je lui avais pris les mains ; elle les dégagea.

– Regarde dans quel état tu m'as mise !

Elle considérait, vexée, le désordre de sa toilette, sa robe fripée, sa coiffe pendante, un de ses bandeaux défaits, la lourde nappe de ses cheveux roulant éparse sur son épaule. Je plongeai les doigts dans leur soie lustrée, pour les attirer vers mes lèvres.

– Te rappelles-tu la nuit de notre noce, Adèle ?

Elle balbutia précipitamment, la pensée ailleurs :

– Sans doute !... Sans doute !... Mais ne me touche plus !... Louarn monte !

Je murmurai à part moi :

– N'aie pas peur : tu vas l'avoir entièrement à toi, ton Louarn !

À l'instant même où elle achevait le geste de m'écarter d'elle, il se montrait sur le pas de la porte.

– Diable ! ricana-t-il, vous ne perdez pas de temps, vous autres... Mais j'arrive peut-être trop tôt... Voulez-vous que j'aille attendre en bas que ce soit fini ?...

Les traits de la Trégorroise se contractèrent en une moue douloureuse et irritée. Dans les yeux, les grands yeux humides qu'elle leva sur son amant, il y avait tout ensemble de l'orage et des larmes, de la révolte et de la supplication.

– Ne faites pas l'imbécile, Hervé Louarn ! dit-elle ; vous savez bien que ce n'est pas ce que vous croyez.

J'eus le triste courage de m'écrier sur un ton plaisant :

– Pas de querelles, les enfants ! Sinon je vous mets au pain sec !

– C'est pourtant vrai, fit Louarn. Si nous dînions d'abord ! Je ne sais pas si vous êtes comme moi, mais j'ai l'estomac dans les talons... Branle-bas, nom d'un tonnerre ! Je suis le gabier de service, je cours à la soute aux vivres !

Je le retins par le revers de sa vareuse :

– Ne bouge pas. C'est moi qui régale, c'est à moi de commander… Adèle et toi, vous mettrez le couvert. Tu lui feras voir, dans le buffet du Grand Chef, où sont les linges, les fourchettes, les couteaux, les verres… tout le tremblement, quoi !… Le reste, c'est moi qui m'en charge.

J'avais, en prononçant leur sentence, ma voix habituelle, ma figure de tous les jours. Ils repartirent en chœur :

– Soit !

Au moment de sortir, je me retournai :

– Ah !… Pour votre gouverne !… Au cas où la faïence aurait besoin d'être rincée, il y a un plein seau d'eau fraîche au chevet du lit.

– Monsieur Précaution ! s'exclama Louarn. Il a pensé à tout.

Ce seau, mon ingénieur, je l'avais empli à la mer, le matin même. J'avais lu, jadis, dans un livre sur les naufrages célèbres – un des seuls prix que j'aie remportés à Saint-Pol – que boire de l'eau salée multipliait les tortures de la soif et activait le travail de la mort. Ce détail m'était demeuré dans l'esprit. J'ai la mémoire longue.

Ma recommandation faite, je donnai un dernier regard à ces deux êtres qui avaient été toute ma vie. Ils se renvoyaient des propos frivoles, et ne sentaient pas les mailles du destin qui déjà se resserraient sur eux. Lui, s'occupait de pousser la table au milieu de la pièce ; elle, le buste cambré, les bras repliés à la hauteur du front, elle rajustait sa coiffure devant la glace… Le seuil passé, la porte se referma derrière moi comme d'elle-même. Jamais je ne me serais imaginé qu'un tel acte fût d'un accomplissement si facile. Cet étonnement fut, je crois bien, le seul émoi que je ressentis. Je gagnai le sommet du phare, d'un pas tranquille. Tout en escaladant les marches, dans les ténèbres, je me rappelle que je faisais tourner machinalement autour de mon index la délicate clef de fer qu'aussitôt l'opération terminée j'avais enlevée de la serrure.

J'arrivai ainsi jusque sur le balcon.

La clarté naissante de la lune étincelait à la surface des eaux en un frisson d'écaillés d'argent. Dans l'est, la barque des Guichaoua était encore à portée. L'homme de barre avisa mon ombre qui formait écran sur la flamme.

À tout hasard il cria :

– Ohé, Louarn !… À-Dieu-vat !

Je lui rétorquai :

– Ohé, la *Notre-Dame de Bon-Voyage* ! À-Dieu-vat !

Depuis, mon ingénieur, je n'ai plus échangé une parole avec âme qui vive, sauf dans la circonstance relatée ci-dessus, le jour où le *Baliseur* faillit me rendre visite…

D'en bas, cependant, des appels d'une autre sorte commençaient à monter. Ceux-là, je ne leur répondis qu'en lançant à la mer la clef de la chambre d'où ils partaient… Un « plouf » à peine perceptible, quelques cercles d'onde… Ce fut fini. Il était exactement, au chronomètre, neuf heures douze minutes et trente secondes, mon ingénieur.

Et maintenant, que vous dirai-je de plus ?

Je vous ai demandé pardon, au début de ces pages, pour toutes les infractions au règlement qu'elles allaient vous révéler. Il ne me reste à vous remercier de m'avoir fourni l'occasion de les écrire. Elles ont été mon viatique durant cette épouvantable agonie de treize jours et quatorze nuits. Grâce à elles, j'ai pu persévérer jusqu'au bout dans ma douloureuse tâche de gardien du feu et de geôlier de la mort.

À présent, mes comptes sont réglés ; l'odeur, la harcelante odeur est là, qui me signifie que ma faction est close… Le *Ravitailleur*, il est vrai, ne doit venir que demain. Mais j'ai gorgé la lampe d'huile et renouvelé sa mèche. C'est une veilleuse fidèle et sûre. Elle attendra, j'en suis convaincu, pour s'éteindre, qu'un autre ait pris, au banc de quart, la place que j'aurai quittée.

Pauvre cher feu de Gorlébella !… La seule chose, le seul être au monde dont je m'éloigne avec quelque regret, c'est lui !… La seule lueur bienfaisante qui persiste dans la détresse de mon cœur dévasté, c'est lui !… Tout le reste, famille, patrie, Dieu même, celle que vous savez l'a fauché… Si j'étais capable d'une prière, c'est au foyer tutélaire des nuits du Raz que je l'adresserais. Qu'il reçoive du moins la dernière larme que puissent verser encore mes yeux taris : je la lui voue !…

J'ai ouvert la porte de la galerie. Les vents sont nord-noroît : le ciel s'éclaircit.

Je viens de jeter par-dessus la balustrade le « coffre à Jim », et je vais prendre le même chemin. Dans un instant, mon ingénieur, le nommé Dénès (Goulven), de Plounéventèr, ne sera plus qu'un noyé sans nom… Par ailleurs, rien à signaler.

*

Sur cette formule de service, au-dessus de laquelle était apposée la signature, avec son paraphe, se terminait le mémorial funèbre du chef-gardien de Gorlébella.

Anatole Le Braz est né le 2 avril 1859 à Saint-Servais dans les Côtes d'Armor. Instituteur, son père Nicolas affectionne les chants traditionnels bretons et transmet à son fils la langue bretonne écrite et orale. Celui-ci obtient une bourse et fait ses classes au lycée Saint-Louis de Paris. Après une thèse sur l'histoire du théâtre celtique, il devient professeur au lycée de Quimper dans le Finistère où il fait la rencontre de l'archiviste départemental, François-Marie Luzel. Prolongeant la passion paternelle, il commence avec lui à recueillir les chanson et légendes populaires de la Bretagne qui seront publiés sous le titre *Soniou Breiz-Izel* (1890). La publication de *La Légende de la mort en Basse-Bretagne* (1893, objet de nombreuses rééditions) et *Au pays des pardons* (1894) font de Le Braz un folkloriste célèbre. Il publie de nombreux recueils de nouvelles et un seul roman, *Le Gardien du feu* (1900), qui révèle sa maîtrise de l'écriture. Sa connaissance approfondie des mœurs bretonnes lui permet de camper des personnages singuliers, et de mettre en relief les différences entre les mentalités du Léon et du Trégor. Écrivain reconnu, folkloriste célèbre, professeur sachant captiver ses élèves, il est élu président de l'Union régionaliste bretonne en 1898 mais s'en démarque quelque peu. Fédérant régionalisme breton et pensée française, Le Braz est convaincu que la survivance de la seule langue bretonne parlée serait incompatible avec la pénétration de la culture française. Pour lui, il faut conserver les particularités régionales comme un folklore et une tradition. Maîtrisant très bien le breton, il n'a publié que sur la Bretagne mais toujours en langue française, afin de montrer son attachement à son pays. Renommé pour ses talents oratoires et sa connaissance des folklores celtiques, il fait de nombreuses conférences aux États-Unis et en Suisse. Chevalier de la légion d'honneur, professeur émérite, il meurt d'une leucémie le 20 mars 1926 à Menton. Plusieurs collèges et lycée portent aujourd'hui son nom, et il est considéré comme un pionnier du mouvement breton contemporain. « N'oublions pas que nous fondons une œuvre qui, quelles que soient les difficultés, durera autant que la Bretagne », avait-il écrit.

Du même auteur

Anatole Le Braz
(1859-1926)

ROMAN

1900 ***Le Gardien du feu*** (une version illustrée par Mathurin Méheut paraîtra en 1923)

RECUEILS DE NOUVELLES, DE LÉGENDES ET DE CHANSONS

1897 *Pâques d'Islande*
Vieilles histoires du pays breton

1901 *Le Sang de la sirène*

1905 *Contes du soleil et de la brume*

1911 *Âmes d'Occident*

1933 *Récits de Passants* (posthume)

ESSAIS ET CHRONIQUES

1889 *Le Cloarec breton d'après la tradition populaire*

1890 *Soniou Breiz-Izel, chansons populaires de la Basse-Bretagne* (recueillies et traduites en collaboration avec F.-M. Luzel)

1893 *La Légende de la mort en Basse-Bretagne* (ouvrage corrigé et augmenté, republié en 1902 sous le titre *La Légende la mort chez les bretons armoricains*)

1893-1894 *Les Saint bretons d'après la tradition populaire en Cornouaille*

1894 *Au pays des pardons*

1894 *Note sur quelques superstitions bretonnes*

1898 *La Résurrection du théâtre populaire en Bretagne*

1902 *La Terre du passé*

1903 *Croquis de Bretagne et d'ailleurs*

1909 *Au pays d'exil de Chateaubriand*

1925 *La Bretagne à travers l'histoire* (posthume)

1928 *Vieilles Chapelles de Bretagne* (posthume)

1935 *Les Îles Bretonnes ; Belle-Isle, Sein* (posthume)

POÉSIE

1892 *La Chanson de la Bretagne*

1892 *Tryphina Keranglaz*

1926 *Poèmes votifs* (posthume)

THÉÂTRE

1904 *Cognomerus et sainte Tréfine. Mystère breton en deux journées*

1905 *Le Théâtre celtique* (d'après sa thèse de doctorat, *Essai sur l'histoire du théâtre celtique*)

REALISATION : NORD COMPO A VILLENEUVE-D'ASCQ
IMPRESSION : TOPPAN
DEPÔT LEGAL : JUIN 2024. N° 153919-2
IMPRIME EN CHINE

Éditions Points

Collection Points Classiques

Alexandre Dumas, *Les Trois Mousquetaires*
Guy de Maupassant, *Bel-Ami*
Raymond Radiguet, *Le Diable au corps*
Pierre Loti, *Pêcheur d'Islande*
Pierre Choderlos de Laclos, *Les Liaisons dangereuses*
Alexandre Dumas, *Le Comte de Monte-Cristo*
Jules Barbey d'Aurevilly, *L'Ensorcelée*
George Sand, *Elle et Lui*
Anatole Le Braz, *Le Gardien du feu*